NOLA

Irene Mendoza

Título: NOLA

INDICE

Prólogo

Dicen que algunos espejos son puertas al infierno y que si miras tu imagen durante mucho tiempo puedes llegar a enloquecer.

Aquella noche, después de consumar su amor una vez más, la joven abandonó el lecho. El frenesí amoroso la había dejado débil y sofocada. Se sentó en el tocador y observó su rostro en el espejo. A pesar de las manchas violáceas que la preocupación había ido depositando bajo sus ojos, la irresistible belleza continuaba allí, atormentándola.

No podía percibir su hermosura arrolladora, solo la máscara de la maldición. En realidad, su gracia era una sentencia de muerte que lo condenó a él en el instante en que posó sus ojos en ella.

Miró el reflejo de su amante en el vidrio plateado. Se había quedado dormido. Rota de dolor, ahogó un violento sollozo que la dejó sin respiración. Sobreponiéndose a su desesperación se levantó para acudir a su lado.

La muchacha observó a su amado que, ajeno a todo el padecimiento y a la angustia que ella sentía, dormía sereno y exhausto tras toda una noche de entrega. Admiró las proporciones poderosas del pálido pecho y el vientre duro y dibujado, que contrastaban tanto con sus propias formas suaves y cobrizas. Se fijó en las ondas de su pelo rubio sobre la almohada blanca, en los delicados párpados azulados, en las pestañas claras y rizadas. Contempló la cincelada forma de los pómulos y la mandíbula donde se adivinaba la pelusa cobriza de su barba. Vislumbró la delicada piel sonrosada de sus labios y tocó y chupó los suyos para distinguir el sabor de su esencia en ellos.

Apenas acababan de separar sus cuerpos y todavía sentía en las entrañas el palpitar de él unido al suyo. Las ganas de volver a tocarlo provocaban que le ardiesen los dedos, pero no lo hizo. Quiso quedarse con aquella imagen sosegada y satisfecha y tras susurrar su nombre dejó el lecho con el cuerpo aún impregnado en su aroma.

Desesperada, salió al jardín sin más ropa que su camisón de boda. Descalza y temblorosa, caminó con el rosario entre los dedos, dispuesta a rezar por el alma de su amado. Era una noche de luna llena y adentrándose entre los robles más viejos de la propiedad, bajo la luz fantasmal, buscó la antigua capilla. La lucecita de la vela del sagrario estaba encendida y allí, bajo la cruz, pidió ayuda a Dios, tratando de encontrar una solución a su sufrimiento, pero no halló respuesta. Apenas quedaban un par de horas para que el sol saliese, se consumase la antigua maldición de las mujeres de su tribu y él no llegase a contemplar la luz de un nuevo amanecer.

Dejó la pequeña ermita desecha en lágrimas. Fue entonces cuando escuchó las voces de sus ancestros indígenas llamándola para que se uniese a ellas y al Gran Espíritu. El temor inicial desapareció, percibió cómo la angustia cedía, cómo se liberaba su mente y se relajaba su cuerpo. El dolor dio paso a la renuncia. Una vez aceptó su destino, la poseyó un sentimiento de paz y determinación que le reveló cómo acabar con su sufrimiento y salvarlo a él de una muerte segura.

Tomó una de las gruesas cuerdas de los establos, que ya tenían hecho el nudo corredizo y regresó al jardín. Apeló al poder de sus antepasadas, imploró a la luna que le diese fuerzas y no dudó. Se encaramó al roble más alto de la propiedad, ató el extremo de la soga a la rama más robusta, rodeó su cuello con ella, cerró los ojos y con la imagen de él en su mente, y su nombre en los labios, saltó al vacío.

El aburrimiento

El viaje a Nueva Orleans estaba resultando un desastre. Lo habían pospuesto tres veces durante años, dos por trabajo, después por el covid y, una vez allí, las ganas de disfrutar del Mardi Grass parecían haberse esfumado.

«Las expectativas altas siempre lo arruinan todo», pensó ella en pleno French Market, aguardando la kilométrica cola para conseguir los famosos *beignets* del Café du Monde, que no eran otra cosa que buñuelos con azúcar glas por encima. El café *au lait* tampoco les pareció ninguna maravilla y sí muy caro. Además se lo sirvieron en un horroroso y muy poco ecológico vaso de plástico, no en taza. El local estaba abarrotado y ni siquiera pudieron desayunar con vistas al río Misisipi.

Su primera cita como pareja fue para ver *Entrevista con el vampiro* en un pequeño cine de París con olor a polvo y a naftalina. Nada más conocerse, Léa y Denis descubrieron que los dos pertenecían a esa clase de personas a las que les gustaba merodear por mercadillos llenos de cosas vetustas y que eran grandes admiradores de las novelas de vampiros, en concreto del mítico *Drácula* de Bram Stoker y de las *Crónicas vampíricas* de Ann Rice, que ambos habían leído al completo.

Él fue quien dirigió el proyecto de decoración de un viejo almacén en el distrito de Marais y con las ideas de ella lo convirtió en una bonita *boutique*. Denis tenía éxito con sus proyectos arquitectónicos de rehabilitación de viejos inmuebles y ella disfrutaba del reconocimiento de su tienda, un lugar que ya citaba el VOGUE, en el que vendía diseños propios con un toque años 20 y joyas, zapatos y bolsos de estilo *vintage* de otros diseñadores. Léa no quiso salir con él hasta que concluyó la obra. Después lo invitó a la inauguración y le pidió una cita. Él era intenso y ella salvaje, ambos muy apasionados y lo hicieron en casa de ella tras salir del cine. Al mes siguiente ya vivían juntos.

Habían pasado más de diez años desde aquel primer encuentro para ver la antigua lonja de venta de vinos, vinagres y encurtidos en la que ella lo encontró muy atractivo e inteligente, pero algo engreído y él la clasificó como una bonita y caprichosa chica parisina con mucho talento.

Culparon de todo a la pandemia. Primero destruyó sus negocios y después su relación, cómoda y estancada en lugares comunes.

El año que siguió al confinamiento también se llevó por delante su vida sexual. Se convirtieron en unos extraños que dormían en la misma cama, dedicados a salvar sus respectivos trabajos. Léa, visceral, cerró la boutique y cayó en una depresión que requirió medicación y acabó con su libido; Denis, mucho más cerebral, tuvo su primer "gatillazo", pidió otro crédito y empezó a correr maratones. Finalmente, decidieron darse una última oportunidad y realizar aquel viaje que siempre desearon a la ciudad más francesa y vampírica de Norteamérica.

La vieja Nueva Orleans iba a tener el honor de ser su salvación o la tumba de su matrimonio.

⚜

Tras aquel decepcionante desayuno en el Café du Monde, decidieron realizar el típico viaje en barco por el río. El vapor estaba abarrotado y los mosquitos del Misisipi parecían diminutos vampiros. Ya en tierra, comieron *gumbo* y *etouffee* de cangrejo de río a un precio desorbitado, visitaron el concurrido cementerio Lafayette en el Garden District y el de St. Louis, donde vieron la tumba de Marie Laveau, «la Reina del vudú», y bebieron el archiconocido y dulzón cóctel Hurricane, que les provocó un dolor de cabeza espantoso.

La primera noche en NOLA regresaron al hotel exhaustos y sin haber encontrado aquello que habían ido a buscar tan lejos de París: el misterio de la antigua colonia, la aventura o tal vez el reencuentro con el placer.

Llevaban dos días en un lujoso hotel en pleno Barrio Francés, con sus balcones de forja de los que colgaban helechos, con una cama cómoda e inmensa y aún no habían hecho el intento de tocarse.

Ella puso de su parte. Se había gastado una fortuna en ropa interior, picardías, camisones de seda y en una depilación púbica especial. Él, a su vez, se compró camisas nuevas y se depiló con láser aquellos pelos infamantes que le habían comenzado a crecer en la espalda. El problema estaba en cómo comenzar después de tanto tiempo sin acariciarse o besarse de verdad, sin sentir el cuerpo del otro, sin las ganas de antaño.

¿Qué les había ocurrido? Se encontraban a punto de traspasar la temida barrera de los cuarenta, pero Léa estaba segura de que los amigos de Denis la encontraban deseable, y sus amigas se habían sincerado entre copa y copa más de una vez adjetivándolo a él de muy apetecible; sobre todo después de que, por culpa de la presbicia, se hubiese puesto aquellas gafas de pasta que lo hacían parecerse de un modo ridículo a un Clark Kent rubio.

«Se pierde la chispa, es así de simple. Todo se acaba en esta vida y hay que aceptarlo y echarse un amante», le dijo a Léa su mejor amiga.

Ella concluyó que tal vez fuese verdad, probablemente se habían ido esfumando poco a poco esas ganas que los instaban a hacerlo en cualquier lugar con una urgencia impúdica y feroz. A Léa, él le seguía pareciendo atractivo y lo amaba, de eso no tenía duda. Quería su bien y su felicidad. A Denis le ocurría lo mismo. Era esa clase de cariño incondicional que perdura en el tiempo, leal y amable, pero ya no había mariposas en el estómago ni noches sin dormir para hacer el amor sin medida.

En su segunda noche en la capital de Luisiana, y tras pasar el día visitando el French Market y el museo del Vudú, cenaron unas deliciosas ostras a la brasa con una salsa de mantequilla, ajo, pimienta, orégano, queso parmesano y perejil. Acababan de salir de un garito de jazz donde una banda tocaba aceptablemente lo que viajeros sin muchos conocimientos musicales querían escuchar y ambos se habían aburrido sin remedio.

Al salir del establecimiento pasaron de largo ante antros de dudoso gusto en los que, en grandes carteles de neón, se anunciaban estriptis femeninos o videntes y expertos sacerdotes de vudú.

—Mañana podemos ir a ese otro local, el de que hemos visto cerca del hotel, el de *burlesque*. Parecía bastante *chic* en comparación con todo lo demás —dijo ella bostezando.

—Lo que prefieras —dijo él sin entusiasmo aparente.

De pronto, Léa sintió una absurda desesperanza que le puso un nudo en la garganta. Cuando paseaban por Bourbon Street, estuvo a punto de decirle a Denis que era en vano, que no iba a funcionar, pero prefirió no ser cruel.

Se metieron por una travesía lateral para evitar un tumulto en aquella calle abarrotada de turistas donde todo estaba decorado con los tres colores del Carnaval de Nueva Orleans, que aquel año se celebraba a principios de marzo. Las escarapelas, máscaras y collares de plástico amarillo, morado y verde adornaban balcones y ventanas allá donde se mirase.

—Puede que antaño tuviese su aquel —suspiró Léa.

—¿El qué? —preguntó él distraído.

—Lo del Mardi Grass. Me parece todo muy... No sé cómo explicarlo.

—Algo vulgar.

—Sí, eso es. De momento no encuentro nada que me seduzca. Ni las carrozas ni las bandas.

—Yo tampoco —aceptó Denis.

—Pensé que sería más... —resopló ella.

—¿Mágico? —preguntó él.

Léa asintió. Todavía le parecía divertido que después de tanto tiempo, Denis mantuviera la costumbre de terminar sus frases.

Nada más llegar se enteraron de que los desfiles más importantes del Mardi Gras no pasan por el Barrio Francés, debido a que las calles eran demasiado estrechas para las carrozas modernas y se sintieron muy decepcionados.

Continuaron caminando en silencio y descubrieron unos cuantos patios coqueros ocultos a la vista del gran público, llenos de vegetación tropical y fuentes.

—¡Qué bonito…! Mira cuántas azaleas —susurró Léa admirando la abundancia de flores en tonos sonrosados, blancos y melocotón.

—Y fíjate en esa estatua que hace las veces de surtidor —dijo Denis.

Él observó cada detalle con ojos de arquitecto y ella se quedó prendada de la atmósfera suspendida en el tiempo de los jardines privados con reminiscencias españolas. Aquel encuentro con la belleza les devolvió un poco de optimismo.

A medida que caminaban, la espesa niebla del río se había ido adentrando en la ciudad y lo envolvía todo con una pátina de misterioso humo blanco y húmedo. A lo lejos se adivinaban los tres chapiteles de la catedral de San Luis. De pronto, al salir de nuevo a la calle principal, y sin saber cómo, dejaron de tener referencias arquitectónicas que los guiasen de vuelta al hotel.

Anduvieron unas cuantas manzanas más hasta tener claro que aquella zona de la ciudad quedaba alejada del núcleo turístico por lo deteriorada y poco iluminada que estaba. Las huellas del famoso huracán Katrina aún se dejaban ver por los rincones de la urbe centenaria.

—¡No me lo puedo creer! —bufó ella mirando a su alrededor.

—Pues hazlo porque nos hemos perdido —dijo él con los brazos en jarras.

Mientras intentaban encontrar el camino de vuelta se dieron de bruces con una tiendita con aire destartalado que vendía *souvenirs*, artículos esotéricos y anunciaba sesiones de tarot. Les salió al paso una mujer afroamericana con el pelo muy largo y trenzado, que estaba de pie en la puerta vistiendo una camisa blanca y una falda de vivos colores.

—¿Necesitan saber qué les depara el futuro? ¿Dudas acerca del amor o problemas financieros? —dijo con una sonrisa.

—No, muchas gracias —respondió Denis muy cortés con un inglés que delataba su procedencia francesa.

—*Êtes-vous sûr, monsieur?* —preguntó la mujer que portaba unos folletos en las manos.

—¡Oh, sabe francés! ¡Qué bien! —sonrió él.

La mujer volvió a sonreír y rebuscando en un bolsillo de la falda les tendió una tarjeta que parecía la de una bruja moderna:

Marie LéBon

Tarotista

Experta en rituales, pociones, reliquias y amuletos

Se estaban alejando de la pequeña tiendita con el escaparate lleno de muñecos de vudú y velas con llamativos colores y formas cuando se dieron cuenta de que continuaban perdidos.

—Creo que deberíamos preguntar —dijo Léa refiriéndose a la mujer.

—No es necesario —dijo Denis intentando guiarse con el Google Maps.

—No hay cobertura. Ya lo he intentado yo.

Él resopló exasperado y ella se volvió hacia la mujer de color, que llevaba en el cuello una ristra de cadenas, collares y amuletos.

—Perdone, creo que nos hemos perdido —dijo Léa en francés.

—Es por la niebla, lo confunde todo. Los turistas se pierden —explicó la mujer con un extraño acento.

—¿Podría indicarnos cómo regresar a Bourbon Street? —preguntó ella.

—Solo tienen que dejar de buscar y encontrarán el camino de vuelta —respondió señalando una bocacalle, mientras les tendía un folleto.

La propaganda anunciaba la excursión a una de las típicas plantaciones de las películas del viejo Sur: «Los misterios de Belle Adelina. La vida en la plantación Gayarré. Visiten la *maison* encantada». Las entradas estaban disponibles en una página web.

Le dieron las gracias confusos, cogieron el papel e hicieron caso a su escueta indicación encontrándose de nuevo, y como por arte de magia, de bruces con el bullicio de las calles más turísticas.

Esa noche se durmieron nada más tocar las sábanas. A la mañana siguiente, y tras un sueño profundo y reparador, Léa encontró el folleto sobre la mesilla de noche.

El anuncio prometía una visita guiada por una antigua plantación e incluía una experiencia paranormal nocturna.

Denis acababa de salir de la ducha cuando ella se lo pidió.

—¿Por qué no vamos de excursión a la villa encantada? En la web pone que en la plantación se grabaron escenas de *Entrevista con el Vampiro*. Podría ser divertido

Él miró el prospecto escéptico, pero contempló su sonrisa y dijo: «¿Por qué no?».

Belle Adelina

La antigua plantación se encontraba a unos cuantos kilómetros en dirección a Baton Rouge, siguiendo el cauce del río Parishes y la ruta de las mansiones tradicionales de Luisiana.

La guía, y también conductora del microbús, una muchacha afroamericana llamada Rachel, les informó de que el itinerario río arriba por River Road incluía también docenas de plantas industriales cuyo impacto en la salud local había originado que la zona fuese llamada Cancer Alley.

Todos los pasajeros, muchos estadounidenses, algunos europeos y unos pocos japoneses, emitieron un murmullo de disgusto, pero pronto olvidaron el asunto ante la contemplación del inconfundible paisaje pantanoso del delta del río Misisipi. La corriente principal se bifurcaba en riachuelos que formaban largos y lentos canales llamados *bayous*, creando una red navegable de miles de kilómetros de agua.

—Nos dirigimos a Belle Adelina, la antigua plantación Gayarré, llamada así en honor a la esposa de un terrateniente francés que habitó la propiedad hace casi doscientos años. El jardín está plagado de doce clases diferentes de magníficos magnolios centenarios —dijo la guía—. Aquí se han rodado varias series de época y una famosa película de vampiros. ¿Conocen *Entrevista con el vampiro*?

Los turistas expresaron su asentimiento con un agudo y alegre "sí". El pequeño autobús aparcó a las puertas de la propiedad, anunciada por un arco de piedra en el que figuraba el nombre vasco-francés del antiguo dueño: Gayarré, y el año de la fundación de dicha plantación: 1803.

A un lado del muro de piedra, un cartel prevenía a los visitantes con un alarmante «Cuidado con los fantasmas». Un susurró de emoción se adueñó de los excursionistas.

Atardecía cuando accedieron a la finca a pie y a través de un sendero flanqueado por inmensos robles de los que colgaban largas barbas de musgo español. Mientras avanzaban por el camino embaldosado con ladrillos de color teja fueron divisando la casa, escondida al fondo del túnel de ramas que los frondoso arboles habían creado con el paso del tiempo. El jardín era magnífico, lleno de azaleas, gardenias y camelias e imponentes magnolios de más de veinte metros, junto con algunos de especies de pronta floración, por lo que el vasto parque estaba repleto de bonitas flores blancas y rosas. A lo lejos se divisaba una pequeña capilla blanca.

Las luces de la mansión se fueron encendiendo poco a poco, a medida que los visitantes se acercaban a la escalinata bajo la balaustrada sustentada por ocho majestuosas y blanquísimas columnas dóricas.

—Bienvenidos a la Maison Gayarré —dijo la guía—. Estas tierras pertenecieron a dos hermanos franceses, los Gayarré. Si no me equivoco, creo que hoy tenemos entre nosotros a visitantes de Francia, ¿verdad?

Léa y Denis levantaron la mano azorados.

—*Bienvenue a La Louisiane* —los saludó Rachel con una gran sonrisa—. Fue el hermano mayor quien llegó primero para hacer fortuna y pidió a su hermano pequeño que acudiera a ayudarlo. Inicialmente, la casa principal era mucho más modesta. La capilla católica exterior, que fue lo que se construyó primero, está datada en 1804, pero la actual mansión fue edificada a medida que la plantación crecía y se hacía más prospera. Se dice que Emmanuel Théodore Gayarré, el hermano pequeño, cambió el nombre de la plantación cuando trajo a su esposa Adelina González De Soto a vivir aquí e hizo las últimas reformas que le dieron el aspecto actual. Después de los extraños sucesos que más tarde les relataré y tras la Guerra Civil, la plantación fue abandonada hasta que hace unos años, el gobierno de Luisiana y fundaciones privadas comenzaron a rehabilitar todas estas propiedades que forman parte de la historia de este estado. Después les mostraré también la zona de las cabañas, donde vivían los esclavos.

La guía fue comentando las características de la construcción de paredes de ladrillo cubiertas de estuco de 45 a 60 centímetros de espesor. La madera para construir la casa provenía de la propia plantación. Durante cuatro años, los cipreses y pinos de la finca fueron talados, entablados y tallados a mano. La techumbre era alta y ancha, para dar sombra y mantener fresca la casa. Los marcos de las ventanas se abrieron en lo alto, creando vanos para dejar pasar la brisa. Las persianas se podían cerrar en ciertos momentos del día para evitar el calor del sol.

—La casa tiene tres buhardillas a cada lado y la cubierta está coronada con un mirador desde el que se podía divisar toda la plantación... y vigilarla. Ya les contaré después por qué. La estructura central está rodeada por columnas y galerías de hierro forjado en los cuatro lados —continuó Rachel.

Léa y Denis caminaron en silencio admirando los espectaculares techos de siete metros, el salón de baile de 105 metros cuadrados y la grandiosa escalera de roble que llevaba al segundo piso.

—Situada en una zona habitada anteriormente por el pueblo Houma, se sabe que Julien Gaspard Gayarré, el hermano mayor, les compró las tierras a los indios, una tribu que hablaba una lengua *muskogi*, y que eran parte de la nación *choctaw*. Él llegó de Haití, por entonces llamada Saint-Domingue, donde intentó hacer fortuna, pero decidió emigrar tras la derrota de Napoleón, la sublevación de la colonia caribeña y la posterior venta del territorio de Luisiana a los Estados Unidos. La razón fue sencilla: mientras perteneció a la Corona española o a Francia, la compra venta de esclavos estaba prohibida en el territorio de Luisiana. Se realizaba en Virginia o en Carolina del Sur, pero al convertirse en parte de los Estados Unidos, la venta se legalizó. Gayarré emigró tras saber que podría disponer de esclavos para su futura plantación. Las cosechas cultivadas en las plantaciones antes de la Guerra Civil, incluían el algodón, el tabaco, caña de azúcar, añil, arroz, y en menor grado okra, ñame, boniato, cacahuete, y sandía. El dueño no hacía esas labores, claro está. Ahora les mostraré el lugar donde vivían los que trabajaban las tierras de Gayarré —dijo la joven.

Rachel los llevó al exterior, hasta una zona alejada de la casa llena de cabañas de madera diminutas sin puerta ni ventanas. Una vez allí, y tras un reverencial silencio, comenzó a hablar:

—El requisito mínimo para el estatus de plantador era poseer veinte negros. Los historiadores de la época los describen únicamente como personas que poseía propiedades inmuebles. —Rachel guardó silencio de nuevo, tragó saliva y prosiguió con voz firme—. Doce millones de africanos fueron trasladados a América entre el siglo XVI y el XIX. De ellos, se estima que 645.000 fueron enviados a los Estados Unidos de América. Los primeros africanos llegaron a Point Comfort, Virginia, en agosto de

1619. Fueron unos veinte hombres traídos por corsarios británicos que los habían capturado de un barco negrero portugués. En 1662, la colonia real de Virginia aprobó una ley que adoptaba el principio de *partus sequitur,* que establecía que el hijo de una madre esclava nacería en la esclavitud, aunque el padre fuera inglés o cristiano nacido en libertad. Esto institucionalizó la esclavitud y liberó a los hombres blancos de la responsabilidad legal de reconocer o mantener económicamente a sus hijos mestizos. Para 1720, cerca del 65 % de la población de Carolina del Sur era esclava.

Suspiros de consternación comenzaron a escucharse entre los visitantes. Léa y Denis permanecieron en silencio, mientras contemplaban cómo varios hombres y mujeres de raza negra sollozaban.

—Creo que nos va a avergonzar a todos. Bien por ella —dijo Denis, a lo cual Lía asintió.

—¿Conocen ustedes el *Code Noir* francés? —les preguntó Rachel.

Un hombre blanco respondió por ellos.

—Eran normas que prohibían a los propietarios de esclavos torturarlos, separar a las parejas casadas o a los niños pequeños de sus madres y regulaba los castigos corporales crueles y algunos derechos de los esclavos. También obligaba a los amos a instruirlos en la fe católica. Impedía a los esclavos comerciar y tener armas.

Rachel asintió.

—Fue un decreto aprobado por Luis XIV en 1685. A pesar de algunas disposiciones bien intencionadas, el *Code Noir* nunca se hizo cumplir de manera estricta, en particular con respecto a la protección de los esclavos y a las limitaciones acerca del castigo corporal. El código tenía como objetivo proporcionar un marco legal para la esclavitud, establecer protocolos para la trata y asegurar el futuro de la economía de plantación de caña de azúcar. El desarrollo del cultivo del tabaco, la caña de azúcar y del algodón en el Sur desde principios del siglo XVIII, y durante el siglo XIX, dependía de grandes extensiones de terreno con mucha mano de obra. Las plantaciones se desarrollaron al estilo francés, con estrechas riberas para el acceso al río y largas parcelas que se ensanchaban hacia el interior. Los plantadores tenían docenas, a veces cientos de esclavos. Creo que todos ustedes conocen la forma en que eran traídos desde África y las condiciones espantosa e insalubres de los barcos negreros, pero pocos conocen la vida en estas cabañas. Como ven, era una vivienda de una sola habitación donde se hacinaban siete u ocho adultos y varios niños. No había privacidad, apenas muebles y los espacios entre los troncos dejaban pasar la lluvia o el frío —prosiguió la guía haciéndolos pasar a una de las miseras cabañitas de madera en la que no cabían todos. Al acceder a la oscura choza de leña, Léa sintió un escalofrío—. Como pueden apreciar, con la alimentación actual, somos más altos y muchos de ustedes casi no caben sin agacharse. Se intentaba mantener a los esclavos con el menor gasto posible, por lo que la mortalidad era elevada. Los esclavos eran sometidos a durísimas y agotadoras jornadas de trabajo y recibían a cambio una mala alimentación y, casi siempre, nula asistencia médica. El arroz era el alimento básico. Solo descansaban el domingo y era el único día en el que se les permitía bailar y ejercer sus cultos africanos. Enseñar a leer a un esclavo estaba prohibido. Alfabetizarlos se consideraba una amenaza. Por supuesto, para evitar revueltas, los esclavos no podían poseer armas de fuego ni ningún tipo de armamento, por lo que tampoco podían cazar para alimentarse. La carne se daba a los esclavos en contadas ocasiones. La ropa también la proporcionaba el amo y variaba en calidad dependiendo de lo que decidiera gastar. Los llamados "negros de la casa", que cuidaban a los niños, cocinaban, limpiaban y servían de mayordomos, iban siempre bien vestidos. Los esclavos del campo, tanto los hombres como las mujeres, llevaban poco más que un paño. Los amos consideraban que los matrimonios de esclavos solo servían para producir más esclavos. Si no "criaban" los separaban y los vendían. A los niños se los ponía a trabajar como aguadores o ayudantes de caballerías a los cinco o seis años. Hay que tener en cuenta que un niño esclavo costaba igual que dos mulas, no eran baratos. Un hombre joven, fuerte y sano podía valer hasta seis u ocho. Pero las más codiciadas eran las jovencitas. La compra de esclavas jóvenes estaba destinada a la procreación. Los abusos por parte de capataces y amos eran habituales para ellas. Yo misma desciendo de los esclavos de los Gayarré porque llevo su apellido.

—Pensé que esto iba a ser divertido pero está resultando aterrador de verdad —susurró Denis a Léa.

A esas alturas del relato, un par de parejas de estadounidenses blancos de cierta edad habían dejado el grupo y se dirigían hacia la entrada de la propiedad.

—Tal vez hoy despertemos conciencias. Por eso he estudiado historia en la universidad —dijo Rachel sonriendo antes de proseguir—. Los castigos físicos eran comunes tanto para hombres como para mujeres. El amo podía controlar toda la propiedad desde el mirador del tejado e incluso disparar desde allí. Los esclavos eran constantemente vigilados por el capataz y sus hombres y por el propio dueño para evitar insurrecciones y huidas. Cuando un esclavo intentaba huir, o lo hacía y era encontrado, los castigos iban desde los azotes hasta el ahorcamiento público. Pero de estas tierras era prácticamente imposible escapar porque están rodeadas de pantanos llenos de caimanes y serpientes venenosas. Era una muerte segura. Ahora volveremos a la Casa Grande para proseguir con la tercera parte de la visita. Espero que les gusten las historias de fantasmas.

La Casa Grande

Regresaron a la Casa Grande conmovidos y con el ánimo sombrío. La majestuosa construcción blanca acababa de adquirir un significado mucho menos amable que el de los bailes y la bucólica vida en el campo de películas como *Lo que le viento se llevó*. La opulencia contrastaba demasiado con la visita reciente a las desvencijadas cabañitas y el relato estremecedor de cómo transcurrió la vida en ellas.

Denis sintió un alivio casi físico al reanudar la visita guiada por la mansión y Léa aparcó el cargo de conciencia que le había producido la exposición de Rachel. Ambos se dijeron que no era culpa suya, que eran otros tiempos y respiraron hondo.

Dentro de la mansión de estilo neoclásico todo estaba iluminado con velas y quinqués. Supusieron que sería para dar mayor teatralidad a la visita. Las alfombras y cuadros resplandecían junto con el mobiliario. Ella se fijó en los retratos que colgaban de las paredes en las diferentes estancias que fueron atravesando. Todos pertenecían a la misma mujer: una hermosa joven de grandes ojos oscuros y pelo negro como la noche. Un retrato de cuerpo entero de la dama presidía el salón principal. Contiguo al de ella estaba el lienzo de un joven rubio muy apuesto vestido a la usanza de la época.

—Esa era Adelina, el ama de la casa y esposa de Emmanuel Théodore Gayarré. Se dice que adoraba montar a caballo, que usaba un perfume de magnolias hecho expresamente para ella y que su marido plantó los magnolios del jardín para su esposa. Pueden sacar fotografías, pero sin flash, por favor —les dijo Rachel señalando el lienzo de grandes dimensiones.

Léa contempló los lienzos y se imaginó la vida del joven matrimonio en aquella plantación: los bailes, las cacerías y las fiestas navideñas mientras sus esclavos trabajaban de sol a sol. De pronto, notó un perfume floral que no logró identificar y que le pareció embriagador.

—Ahora les llevaré a la segunda planta, donde están los que fueron los aposentos de los señores y conocerán la historia de los fantasmas de la Casa Grande —dijo la guía con voz misteriosa mientras tendía una palmatoria con una vela a cada uno.

Las velas y la luz de los quinques proporcionaban una atmósfera extraña de sombras alargadas, luz titilante y el característico olor a cera.

A medida que subían los peldaños de la magnífica escalera de madera, se fueron sumergiendo en la historia que Rachel fue desgranando acerca de la casa y los fantasmas que supuestamente la habitaban.

—Nada en la plantación salió como se esperaba. El primer terrateniente Gayarré murió de fiebre amarilla justo al terminar de construir la casa y fue su hermano menor quien heredó la plantación y se dedicó a hacerla productiva. El hermano mayor poseía veinticinco esclavos al iniciar los cultivos y en menos de diez años llegó a tener casi cien. Cuando Emmanuel se casó con Adelina, la finca vivía su máximo esplendor. Fueron los años anteriores a la Guerra Civil, tiempos de fortuna gracias a las buenas cosechas de algodón, hasta que todo cambió y los cultivos se echaron a perder por sequías, inundaciones o plagas. Las gentes de la zona aún creen que existe algún tipo de maldición sobre estas tierras, que aquí hubo un antiguo cementerio indio y que toda la propiedad está maldita.

—¿Pero hay fantasmas? —preguntó ansiosa una señora.

—Adelina murió trágicamente al año de desposarse con Emmanuel y hay quien afirma haber visto la silueta de una bella muchacha de cabellos largos y oscuros que camina de noche por los jardines, o cerca del cementerio particular, llamando a su amado —dijo Rachel haciéndolos pasar al dormitorio.

En ese instante, una ráfaga de viento apagó las velas que portaban los visitantes y tuvieron que volver a encenderlas con mecheros.

—Qué buena puesta en escena —dijo Denis entre divertido y escéptico.

—¡Shhh, no rompas el encanto! —le pidió Léa.

El dormitorio era amplio, adornado con floridas telas en tonos pastel y pesadas cortinas de terciopelo. Todo parecía suspendido en el tiempo, no un simple decorado de película. Las joyas que la dueña de la casa había empleado en vida descansaban en una vitrina. En una pequeña cajita de cuero con forma de corazón reposaban las alianzas de boda del matrimonio. En otro estuche de terciopelo se mostraba el magnífico anillo de pedida de ella, un fabuloso diamante rosa engarzado en oro y brillantes. Las alhajas resplandecían.

«Es como si..., como si alguien aún viviese aquí y todavía utilizase esta estancia y las cosas que hay en ella», pensó Léa con un repentino temor.

—Los objetos de esta estancia son los verdaderos enseres del matrimonio Gayarré. La jofaina, su cama, las butacas, la cómoda y el tocador de Adelina —apuntó Rachel.

Los visitantes rondaban por el dormitorio sacando fotografías. Léa se acercó al tocador para admirar el juego de plata de peine, cepillo y espejo posado sobre la madera noble y se imaginó al joven esposo peinando la larga melena de Adelina.

Un aroma floral intenso, como el de los perfumes antiguos, el mismo que había sentido cuando contempló el retrato de la señora de la Casa Grande, colmó su olfato.

—Qué perfume tan... ¿Lo hueles? —dijo inspirando el aire mientras Denis admiraba los viejos frascos de cristal labrado que descansaban sobre el tocador.

—No, no huelo más que a velas y a polvo.

—Pues yo estoy oliendo a flores. Flores que se están marchitando —susurró.

Léa deslizó un dedo por la madera de caoba comprobando que estaba libre de polvo y experimentó un hecho inexplicable. Por un instante acudió a su mente la vívida imagen de una pareja haciendo el amor encima de ese mismo tocador. Ella, sentada sobre el mueble, vestía finos ropajes blancos, un camisón y una bata, y él llevaba una camisa tan solo y la sujetaba por las piernas mientras se mecía entre sus muslos.

El tacto de Denis la hizo dar un respingo. La perturbadora imagen desapareció de su mente al instante.

—¿Estás bien? —preguntó él.

—Sí, sí... Llevamos tres días sin parar y creo que estoy... algo cansada —balbuceó turbada.

La visita continuó por las habitaciones aledañas: una recámara, un aseo, un pequeño saloncito de lectura, un gabinete y el cuarto de juegos que jamás llegó a utilizarse. Aquello hizo recordar a Léa aquella decoración que planearon y que nunca se llevó a cabo.

El resto de las estancias de la Casa Grande no estaban amuebladas. Ella se quedó algo rezagada del grupo.

Mientras intentaba deshacerse de las sugestivas imágenes vinieron a su memoria ciertos recuerdos del pasado que hubiese preferido olvidar.

En un intento por apartar todo aquello de su mente, se centró en admirar la exquisitez de los detalles de aquel dormitorio: las volutas talladas de la madera de espejos y muebles; la delicadeza de los encajes de los tapetes; el suave terciopelo de cojines y tapicerías o los recios pilares de la gran cama blanca con baldaquino.

Era inmensa y sin razón aparente, sintió un irrefrenable deseo de sentarse sobre el que le pareció un mullido colchón. Nadie se daría cuenta, se dijo. Al hacerlo, al posarse sobre la cama y tocar la sobrecama blanca bordada, una nueva imagen turbadora apareció en su mente. Se trataba de la misma pareja sobre la cama revuelta, solo que esta vez se hallaban desnudos mientras hacían el amor apasionadamente. Cerró los ojos y pudo escuchar los intensos jadeos de él y los quejidos de placer de ella. En esa imagen en movimiento pudo ver al joven de pelo rubio sobre la muchacha de larguísimos cabellos oscuros que lo rodeaba con sus piernas. Él era joven y hermoso y ella lo abrazaba y acariciaba regodeándose en las formas musculosas de su espalda y de sus nalgas prietas y firmes. Sus acometidas arrancaban de ella sollozos de gozo mientras el esfuerzo amatorio los bañaba a ambos en sudor. Sus cuerpos no paraban de juntarse, sus manos de acariciarse y sus bocas de besarse. Se devoraban.

En aquella ensoñación todo olía a flores y a otro aroma que le resultó familiar y sofocante.

Los murmullos de los visitantes que se aproximaban por el pasillo y la voz de Denis la sacaron de su ensimismamiento. Se levantó de la cama completamente aturdida, sintiendo el corazón palpitar con mucha fuerza en sus oídos, y siguió al grupo hasta la planta baja.

—¿Qué hacías ahí sentada, cariño? —preguntó él extrañado mientras bajaban la escalera.

—Estoy mareada —mintió ella.

Nada más regresar al vestíbulo de la Casa Grande, Rachel les puso a todos en antecedentes de otra curiosidad de la mansión Gayarré.

—Hay quien asegura haber visto a Adelina tras mirar fijamente este mismo espejo, así que tengan cuidado —dijo la guía señalando un mueble que había justo en la entrada.

Casi todos los visitantes corrieron a observarse en el espejo entre risas, pero Léa no quiso hacerlo.

La guía continuó hablando del trágico final de Adelina, de su suicidio y de la locura posterior de Emmanuel, que también se quitó la vida.

—Lo hizo pegándose un tiro en el corazón y fue enterrado junto a la tumba de su esposa —dijo Rachel.

Se escuchó una expresión de consternación entre el grupo de turistas.

—¡Qué triste historia! —gimió la mujer que había preguntado por los fantasmas.

—¿Y por qué se suicidó Adelina? —preguntó otra.

—Nadie lo sabe con certeza. Hay quienes dicen que tenía una enfermedad incurable, otros que la mansión estaba encantada o que se volvió loca. Los lugareños cuentan que a partir de aquel día, del de la muerte de Adelina, se escuchan ruidos en la casa; una cama crujiendo, pasos, suspiros por las habitaciones y risas, sobre todo en la alcoba de los esposos. Dicen que en el dormitorio se pueden escuchar gemidos de placer inimaginables. Y me han dicho que hay parejas que vienen aquí para "resolver" sus problemas conyugales. Creen que si hacen el amor en esta casa, se amarán para siempre y tendrán... orgasmos espectaculares —susurró Rachel provocando risitas juguetonas en la concurrencia—. No se rían. Los vigilantes que cuidan la propiedad no dan abasto con los intrusos. Pero es cierto que esos mismos guardias de seguridad dicen que, a veces, por la noche, se puede vislumbrar a un joven muy apuesto que también merodea sin rumbo por los jardines, suspirando y susurrando el nombre de su esposa bajo la luna, con una herida sangrante en el pecho. Así que, en Belle Adelina hay dos fantasmas, no solo uno.

Burlesque

Esa noche, Léa soñó con el sonido de dos cuerpos al amarse, con la muchacha de pelo negro como la noche desnuda y aferrada a uno de los pilares de la gran cama de su dormitorio, gimiendo mientras él resoplaba penetrándola. Supo que aquellos dos amantes eran Adelina y Emmanuel. Las manos de él aferraban sus caderas y rodeaban su cintura mientras ella lo buscaba con sus nalgas generosas, temblando de placer. Los pechos de ella eran tiesos, de pezones oscuros y se agitaban al compás del vigoroso cuerpo de él. Las ansias de ambos provocaban que chocasen sin descanso hasta quedarse sin aliento. Tras el paroxismo llegaba la calma y se tendían agotados sobre el lecho, sonriéndose.

El abrupto despertar dejó en su mente la imagen de la desnudez de los cuerpos aferrados y en calma prodigándose ternura, y el aroma profundo y dulzón del sexo acompañado de otro, floral y avainillado, el que respiró en la Casa Grande.

Tenía sed, se chupó los labios y se revolvió en la cama ansiosa y desvelada, con el cuerpo hambriento, necesitada. El pulso le palpitaba en las entrañas.

—¿No puedes dormir? —murmuró Denis en la oscuridad.

—No —suspiró ella.

—Yo tampoco —resopló él.

—¿Mañana vamos al cabaret ese de *burlesque*, por fin? —preguntó Léa.

—Claro —murmuró él bostezando.

Ambos se quedaron mirando al techo en la penumbra de la habitación. Él se volvió a quedar dormido enseguida. Ella tuvo la tentación de masturbarse, pero al final no lo hizo y tardó un buen rato en volver a recuperar el sueño.

⚜

Era el Lurdi Gras, el lunes previo al Mardi Gras y Lea y Denis pasaron la mañana buscando regalos, curioseando en tiendas de anticuarios y librerías de viejo. Compraron algunos recuerdos y siguieron disfrutando del único placer que aún compartían: la gastronomía. Degustaron el famoso *jambalaya* de arroz con langostinos y carne de caimán con un toque ligeramente picante, que en principio les produjo cierto reparo, pero que compararon con comer ancas de rana. De postre disfrutaron de unos exóticos plátanos Foster condimentados con azúcar moreno, vainilla, canela, ron negro y licor de plátano.

Por la noche se prepararon para ir al local de *burlesque*. Ella se sentía coqueta y se puso una de sus primeras creaciones: un vestido corto con pedrería dorada de amplio escote en pico que sabía que a Denis le había gustado cuando lo diseñó. Él se puso un suéter oscuro de cuello cisne, consciente de que le marcaba el torso de un modo muy sugerente.

La noche era fresca y húmeda y las calles mojadas brillaban y reflejaban las luces de neón de los abarrotados bares y locales de Bourbon Street. Las aceras estaban repletas de gente. Los collares con los colores del carnaval colgaban de los balcones y de las verjas de los jardines y se respiraba un ambiente muy festivo y algo desinhibido.

Antes de viajar a NOLA, ambos se habían documentado acerca del Mardi Gras y sus tradiciones. Los desfiles de las diferentes cofradías, las bandas de música en las calles, las carrozas y los bailes de máscaras su sucedían desde el 6 de enero, la Epifanía, según la tradición católica, hasta el «Martes de Grasa», justo el día anterior al Miércoles de Ceniza, que era el inicio de la Cuaresma. Según los antiguos ritos católicos franceses y españoles, eran las últimas jornadas para disfrutar de los placeres, tanto culinarios como carnales, antes de la época de abstinencia durante la Semana Santa. Se podía contemplar un desfile diario en Nueva Orleans dos semanas antes del Martes de Carnaval. Las cabalgatas y las celebraciones de mayor colorido y elaboración tenían lugar los últimos cinco días antes del martes, precisamente los que eligieron Léa y Denis para su estancia en NOLA.

Tal vez por culpa de esas viejas ideas religiosas acerca del pecado, por todos los rincones de las callejuelas del Barrio Francés se divisaba a parejas de cualquier género, raza y condición besuqueándose o directamente en los prolegómenos propios del sexo. Parecía que una oleada de lujuria se había adueñado de la centenaria ciudad.

⚜

Al Burlesque Lounge se accedía bajando unas escaleras. El ambiente de sofás de terciopelo rojo con poca luz no les desagradó. Se sentaron a admirar el espectáculo en primera fila. El local no estaba muy lleno. Los camareros y camareras, vestidos y maquillados en una mezcla de estilo can-can y años 40, les ofrecieron unos coquetos antifaces. Ellos, como el resto de los asistentes a la representación, se los pusieron algo azorados y pidieron un par de cócteles.

El número era una mezcla de acrobacias y estriptis que no les aburrió, aunque ambos estuvieron de acuerdo en que los bailes no tenían la elegancia de los locales parisinos.

La artista principal llevaba un provocativo corsé y una máscara y danzaba al son de la música, acompañada por las luces del escenario y un par de bailarines que hacían movimientos sugerentes a su alrededor. El constante destello de las lentejuelas y centelleos de la iluminación eran molestos para Léa, que sintió la tentación de cerrar los ojos. Al hacerlo una imagen nítida apareció en su mente: la de una mujer joven balanceándose suspendida de una soga. Sus cabellos largos y negros se mecían como el musgo español y su cuerpo se adivinaba desnudo bajo un camisón blanco transparentado por la luz de la luna.

El impacto de la cruda imagen la hizo abrir los ojos de golpe y dar un brinco en el asiento. Con el pulso tembloroso apuró su copa y terminó de ver la representación. El desasosiego desapareció después de una tercera copa.

Al salir, Léa caminaba algo borracha y los zapatos de tacón la dificultaban el paso.

—No ha estado mal del todo —dijo aferrada al brazo de Denis para mantener el equilibrio.

—No es el Lido o el Crazy Horse, pero pensé que sería menos elegante —dijo él—. ¿Te acuerdas de que una vez fuimos con los Clairmont tras aquella espantosa cena?

Léa asintió. No había olvidado aquella loca velada. La noche había comenzado en la cena con un cliente canadiense y su esposa, que se empeñaron en comer ancas de rana y caracoles, y concluyó en el Crazy Horse. La mezcla con champán no les sentó nada bien a los canadienses, pero en vez de regresar al hotel se obcecaron en disfrutar de la noche parisina. Para ellos era el primer año de su relación y no podían dejar de tocarse y mirarse con deseo. El parloteo incesante de la otra pareja, el champán y el espectáculo, que hacía un homenaje a la gran Joséphine Baker, los hizo terminar en los lavabos del famoso cabaret para hacer el amor como dos posesos. Ella recordaba haber tenido uno de los mejores y más rápidos orgasmos de su vida, subida sobre uno de los retretes, sostenida por sus brazos, sin preocuparse de que los oyeran.

Léa había insistido tanto en ver el espectáculo de *burlesque* porque pensó que tras salir del local ambos se sentirían excitados, recuperarían las ganas de hacer el amor y se entregarían el uno al otro como antaño, sin importarles encontrarse en público o en privado, pero Denis ni siquiera le había dicho que estaba guapa y se encontraba profundamente decepcionada.

Además, a pesar de que intentaba no pensar en ello, aún se hallaba algo conmocionada al recordar la terrorífica imagen de Adelina ahorcada.

⚜

Al estar bajo los efectos del alcohol, Léa se durmió enseguida y Denis se sintió poco deseado, casi rechazado. Su dificultad para romper el hielo lo afectaba mucho. Aunque esa incapacidad para dar el primer paso nunca fue un problema en el pasado. Ella siempre había sido más fogosa y desinhibida y quien con una caricia o un susurro al oído lo iniciaba todo, pero ya no lo hacía.

Léa lo abrumaba con su personalidad arrolladora y le daba terror volver a fracasar en la cama. Él sentía que fallaba, como cuando era niño y todos sus hermanos sacaban mejores notas y su madre, viuda y con dos trabajos, lo comparaba con ellos y él se sentía pequeño e inútil porque tartamudeaba y se meaba encima mientras dormía.

⚜

A veces, la melatonina que tomaba para poder conciliar el sueño le provocaba vívidas pesadillas, aunque aquello era diferente, casi aterrador. Léa volvió a soñar con la pareja de la plantación. Imágenes oníricas de pasión sin freno se sucedían en su delirio, pero esta vez llegaron mezcladas con otras llenas de sangre y sonidos terroríficos. En sus sueños podía escucharlos como si estuviese frente a ellos mientras hacían el amor. Aquella noche también acudieron a su mente otros sonidos mucho menos sensuales: tambores de alguna ceremonia extraña, cánticos y chillidos o el estertor de aves siendo degolladas. Al rememorar su pesadilla comprendió que eran ritos de vudú y que estaba experimentando visiones cada vez más nítidas e inquietantes.

Vio al joven volverse loco de dolor y desesperarse intentando devolver a su esposa a la vida entre desgarradores gritos de angustia. También vislumbró una imagen de ella misma con aquel vestido blanco veraniego ensangrentado, observada por todos en el restaurante de Montmartre. Incluso notó como su sangre caliente y húmeda rodaba entre sus muslos mientras Denis la llamaba asustado, justo antes de perder el conocimiento. Al despertar, aún pudo percibir el olor metálico de la sangre en su paladar.

También había reconocido un lugar entre sus ensoñaciones: la capilla de Belle Adelina.

⚜

Era el Martes de Carnaval, el Mardi Gras. Denis ya había bajado a desayunar cuando ella se levantó de la cama. Molesta por su ausencia, se vistió deprisa decidida a regresar a la plantación Gayarré. Tenía la absurda sensación de que, por alguna razón, debía volver allí para conocer algo que frenase aquellas pesadillas tan explícitas que la dejaban exhausta y aterrada.

De nuevo compró la entrada en la página web, pero esta vez sin la excursión guiada. Alquiló un coche y se dirigió a Belle Adelina sin demora. La primera visita había durado algo más de dos horas. El viaje no llegaba a una hora de ida y otra de vuelta. Si se daba prisa podría volver a tiempo para comer.

«Son solo tres o cuatro horas y no creo que me eche de menos», pensó todavía disgustada con Denis.

Compró un café para llevar, un bocadillo y desayunó durante el viaje, como había visto siempre en las películas norteamericanas. El panecillo estaba relleno de algo muy sabroso y su humor mejoró. No quería sentir aquel resentimiento hacia él, pero le dolía su indiferencia.

De camino a la plantación rememoró la visita anterior con Rachel. Ese día se marchó de Belle Adelina con la sensación de que faltaba algo importante en la historia que les había contado la guía.

Léa siempre había tenido lo que la gente llama un sexto sentido, una percepción o intuición acerca de las personas. Distinguía aspectos de los demás que nadie más veía, no solía fallar en sus juicios y sabía cuándo alguien no era honesto.

Así fue con Denis. Él daba la impresión de ser un hombre muy seguro de sí mismo y enseguida notó que se sentía muy atraído por ella, pero también se percató de su vulnerabilidad y de que escondía su timidez bajo una altanería ensayada.

Por otro lado, le parecía estar unida a aquella siniestra historia de amor de un modo incomprensible. Le dolía el final tan funesto de la pareja y le hacía pensar que el amor, o termina de forma trágica o siempre se acababa. La leyenda de los dos amantes también le recordaba que expiraba el plazo que se habían dado Denis y ella. Que lo que aquel viaje significaba para los dos; la esperanza de salvar su relación; no estaba dando resultado. Habían jugado todo lo que tenían a una sola carta, a que NOLA iba a unirlos de nuevo, aunque en realidad solo los estaba separando.

Regreso a la plantación

Nada más volver a pasar por debajo del arco de piedra que daba entrada a la antigua plantación, Léa se dirigió directamente al viejo cementerio de los Gayarré. Durante la primera visita, Rachel no le había dado mayor importancia a aquel trozo de tierra cercado por una verja, donde descansaban los cuerpos de los hermanos Gayarré y la esposa de Emmanuel, pero ella quería verlo.

Allí estaba la tumba de mármol grabada con su nombre: Adelina María Fernanda González De Soto. Bajo un robusto e inmenso magnolio, a la sombra de las lánguidas barbas del musgo español, descansaba la joven criolla. A ella le extrañó que hubiera flores frescas en la tumba de la muchacha. Según las fechas de la sencilla lápida adornada con el relieve de dos angelitos, no llegó a cumplir los veinte años. Junto a ella, en otra tumba gemela, estaba enterrado su marido Emmanuel. El esposo de Adelina no alcanzó los veintiséis.

—Qué harías en mi lugar, Adelina. Te rendirías o lucharías —preguntó.

El aire agitó el musgo colgante y el sol se ocultó tras las nubes. Léa sintió una extraña congoja al pensar en aquella muchacha, en su esposo y su amor condenado.

Mientras dejaba el pequeño camposanto y se dirigía a la capilla, deseó otro final para aquella historia y poder creer en conjuros y maldiciones rotas.

⚜

El pequeño edificio era una sencilla ermita blanca coronada por una cruz sobre un tejado a dos aguas y una puerta de madera. En la entrada figuraba una placa con el año en que se había constituido como templo católico. Según la inscripción, sus cimientos procedían de la iglesia barroca que había sido parte de una antigua misión española destruida por un ataque indígena en 1726. Al parecer, Gayarré construyó la nueva capilla en ese mismo lugar tras comprar la propiedad a los indios que la habitaban, y que eran los legítimos dueños de la antigua misión abandonada. Fueron los Padres Franciscanos quienes edificaron una residencia para hermanos legos, una herrería, unas cuadras y pequeñas casas para las familias de los trabajadores indígenas de origen *natchez*. Estos, en una cruenta revuelta, quemaron las dependencias de los monjes con ellos dentro y como escarmiento fueron masacrados casi en su totalidad y enterrados en algún lugar de la propiedad sin especificar.

Entró en la edificación con paredes encaladas y vigas y techo de madera sobrecogida por lo que acababa de descubrir y lo que encontró dentro la dejó asombrada. Estaba vacía, sin asientos de ningún tipo, pero en los vanos dejados por las antiguas estatuas de un retablo, descansaban decenas de velas junto a flores marchitas o secas, y una acumulación de botellas de bourbon, medallas, rosarios, figuritas y estampas de santos. Estaba claro que gentes de los alrededores aún entraban a la antigua capilla para realizar algún tipo de rito u ofrendas y que aquello era un altar.

Se acercó a examinar de cerca las velas y comprobó que habían sido encendidas recientemente. La cera de las más gastadas se había derramado por todas partes, dejando chorretones secos que resbalaban hasta el suelo. Al mirar a sus pies, sobre unos dibujos hechos con tiza, pudo adivinar una reguero de gotas que a simple vista parecían de sangre. Comprobó que entre los exvotos se encontraban pequeños muñecos de vudú con agujas clavadas, uno de ellos muy semejante a Donald Trump. Aquello le provocó una risa nerviosa que concluyó con un pequeño chillido de pavor cuando escuchó unos pasos a su espalda. Se giró inmediatamente y respiró aliviada.

—Espero no haberte asustado —dijo Rachel, la guía que había conducido la visita por la plantación dos días atrás.

—He de confesar que me encuentro un poco influenciada por el ambiente y que me he sobresaltado — dijo Léa.

—Viniste el otro día con un grupo, ¿verdad?, pero creo recordar que no estabas sola.

—Sí, vine con mi pareja y me encantó la visita. Fuiste una gran acompañante.

—Gracias —dijo Rachel.

—Lo cierto es que... estoy algo obsesionada con la historia de fantasmas que nos contaste y con la casa. Hasta he soñado con ella —dijo avergonzada—. Nos marchamos el jueves. Por eso he vuelto. Y porque no habíamos visto la capilla.

Rachel asintió.

—Hay gente de los alrededores que vienen de noche de vez en cuando. Aunque el templo está desacralizado.

—¿Practicantes de vudú? —preguntó Léa.

Rachel hizo un gesto vago con la cabeza.

—No es lo que la gente cree. La comunicación con los ancestros es la parte primordial del vudú. Se reúnen en fechas señaladas como San Juan y Halloween e invocan a los espíritus ancestrales y a los muertos, les ofrecen comida y bebida reparten amuletos y escenifican rituales para curar, bendecir y también maldecir con los *grisgrís* —dijo señalando los muñecos. Léa le mostró el que representaba al ex presidente de los Estados Unidos y Rachel soltó una carcajada—. Como ves, los muñecos solo son parte del espectáculo.

—Entiendes mucho de todo esto. Me gusta cómo lo explicas —dijo Lea a sabiendas de que así conseguiría alguna otra aclaración importante.

—Estudie Historia de Luisiana en la universidad y estoy doctorada gracias a los esfuerzos que mi madrina hizo para pagar mis estudios —dijo con orgullo—. Te explicaré un poco cómo funciona esto del vudú en el siglo XXI. La *maman* es la que reúne a los siervos. Hay cuatro fases en un ritual vudú, todas identificables por la canción que se canta en cada momento: preparación, invocación, posesión y despedida. Las canciones tienen la finalidad de abrir la puerta entre las deidades y el mundo de los vivos y convocar a los espíritus. Todos visten de blanco y danzan y cantan en criollo haitiano. A veces sacrifican un ave y vierten libaciones, bailan hasta la extenuación y beben más de la cuenta, con lo que consiguen imágenes que son muy efectistas, pero no hay nada más. No es ni un culto al diablo ni magia negra ni canibalismo, no son poseídos ni crean zombis. Solo son prácticas ancestrales traídas por los esclavos de la diáspora Africana mezcladas con el catolicismo. La represión y la mala fama le llegó principalmente después de la Guerra Civil. El Ejército de la Unión ocupó Nueva Orleans y trató de suprimir el vudú. Aunque la principal razón fue el papel dominante que han jugado en él las sacerdotisas, llamadas «madres». El hecho de que las mujeres de color criollas libres dominaran el vudú en el siglo XIX, representaba una amenaza directa a los fundamentos ideológicos de la supremacía blanca y el patriarcado. Tanto es así que en 1863, cuarenta mujeres fueron arrestadas en una ceremonia de vudú en la calle

Marais de Nueva Orleans. Se ganaban la vida vendiendo amuletos y administrando pócimas, así como hechizos y talismanes que garantizaban curar dolencias, conceder deseos y confundir o destruir a los enemigos. Esas mujeres libres que ganaban dinero, que no necesitaban de los hombres y ayudaban a otras mujeres eran peligrosas. ¿Le suena de algo todo esto?

—¿Las cazas de brujas?

—Exacto. En agosto de 1850, unas cincuenta mujeres, varias de las cuales eran blancas, fueron arrestadas en una ceremonia de danza vudú y fueron posteriormente multadas. Y en 1855, una turba intentó atrapar a una practicante de ascendencia escocesa, Elizabeth Sutherland, a quien acusaban de hacer embrujos. La policía local tuvo que darle asilo en la estación. Lo cierto es que el vudú nunca estuvo prohibido explícitamente en Luisiana, aunque, en los días de la esclavitud, representó una amenaza porque reunía a la población africana y eso podía usarse para incitar a la rebelión entre los esclavos. Con las autoridades católicas francesas y españolas no fue limitado, pero al extenderse el protestantismo se intentó frenarlo de diversas formas. Como religión existió entre los siglos

XVIII y comienzos del siglo XX. A finales del siglo pasado tuvo un renacimiento en Nueva Orleans, pero son solo pequeños grupos autónomos y no hay ninguna autoridad central del vudú de Luisiana. En el pasado era ejercido lejos del ojo público y existe la tradición de no hablar sobre el vudú con personas que no lo practican. Es un culto principalmente oral y muy minoritario. No existe un credo formal, ni un texto sagrado específico, y no tiene una estructura o jerarquía organizada unificadora. Y en la actualidad es una forma de sacarles dinero a los turistas.

—Supongo que es así, pero impresiona —sonrió Léa señalando el altar.

—De eso se trata. La sugestión lo es todo y no solo en el vudú. Yo misma intento fascinar a la gente que viene a las visitas, lo reconozco. Pienso que así, tal vez consiga que se interesen por la historia de su propio país y no miren para otro lado. El cebo es el cuento de fantasmas.

—Pero no crees ni en el vudú ni en los fantasmas.

—Yo no he dicho que no crea —dijo la joven con una misteriosa sonrisa en los labios.

Pensó en sincerarse y decirle que a ella le estaba pasando algo extraño desde que había pisado la plantación, pero no se atrevió.

—A mí me gustaría creer que las maldiciones pueden romperse —dijo Léa.

—Disculpa... No recuerdo tu nombre. No se si me lo has dicho —sonrió Rachel.

—Léa.

—Léa, he de irme. Tengo que regresar a Nueva Orleans con mi grupo. Solo he entrado a saludar porque te reconocí al verte.

Por alguna extraña razón, Léa recordó el inicio de la conversación con Rachel.

—Perdona, pero tengo una última duda. ¿Qué significa que el templo está desacralizado? —preguntó.

—Quiere decir que la capilla ya no está abierta al culto católico. Antes de ser reabierta de nuevo debe ser santificada. La razón por la que se cerró a los fieles fue que dentro tuvo lugar un rito sacrílego —respondió Rachel.

—¿Cuál?

—Un suicidio. Aquí fue donde Emmanuel Gayarré se disparó un tiro en el corazón.

Tras ver cómo la guía se alejaba en dirección a la salida, Léa se encaminó a la Casa Grande. Bajo el sol del mediodía parecía menos tenebrosa que al anochecer.

Tuvo que reconocer que se encontraba algo impresionada tras la visita a la capilla y la charla con Rachel. Volvió a admirar el magnífico estilo arquitectónico de aquel edificio colonial y se adentró de nuevo en las estancias de Adelina y Emmanuel. Léa admitió que la visita guiada fue mucho más efectista y que en ese segunda revisión de las estancias no sentía el ánimo tan conmovido.

Al pasar al salón examinó por segunda vez el cuadro de la dueña de la casa. Estaba esplendida, de pie con un bonito vestido blanco de seda con crinolina y un perrito jugueteando entre sus faldas. Ella había estudiado moda y reconocía la silueta de triángulo invertido llamada «à la Pompadour», como la famosa amante del rey Luis XV. Pero tuvo que reconocer que la joven no parecía ninguna cortesana. Adelina era elegante y esbelta, de gran porte. Al contemplar su rostro adivinó ciertos rasgos indígenas. Según la pintura, la criolla de pelo negro poseía unos enormes ojos oscuros y almendrados, pómulos salientes, frente amplia, nariz afilada y una boca muy dibujada.

El peinado era simple, con raya en medio y tirabuzones a ambos lados de una cara muy hermosa en forma de corazón. En las manos portaba un misal y un precioso rosario antiguo de cuentas de cerámica que terminaba en una medalla con la imagen de la Virgen y una cruz de plata.

Fue en ese instante cuando regresó hasta ella el fragante aroma a flores que la colmó los sentidos. Con aquel perfume a su alrededor subió a la segunda planta y volvió a entrar al dormitorio principal.

Aprovechó para contemplar con mayor detenimiento los objetos expuestos en varias vitrinas, tales como guantes de montar, unos gemelos para el teatro, una capota y una chistera, además de otras piezas del vestuario de la pareja rescatadas al tiempo que evidenciaban la distinción de ambos. Prestó mayor atención a los daguerrotipos que adornaban mesillas y consolas. Allí estaban Adelina y Emmanuel recién casados; él sentado junto a ella, tomándola de las manos o de pie con ropajes de fiesta. Realmente la belleza de ambos, la complicidad y la pasión que transmitían sus miradas eran abrumadoras. Entonces pensó en cómo a Denis y a ella les gustaba mirar sus propias fotografías al principio de su relación y sintió miedo. De repente quiso regresar a su casa de París para volver a abrir esos álbumes de fotos, de cuando aún las revelaban y las guardaban, para volver a contemplar la felicidad.

Fue entonces cuando se detuvo ante los viejos retratos fotográficos. Le llamó la atención uno de ellos en concreto: el de una hermosa mujer de raza negra vestida a la usanza de las antiguas esclavas de las casas, con el turbante de las nodrizas negras que cuidaban de sus señoras desde la niñez hasta que una de las dos moría. Había visto ese rostro antes, pero no lograba ubicar dónde. Paseó la vista por todas aquellas imágenes en sepia y al posar de nuevo la mirada sobre la nodriza se quedó petrificada. Acababa de reconocer en aquella efigie a la mujer de la tienda de Tarot.

«¡No puede ser! Han pasado más de… ciento setenta años. Me estoy volviendo loca», pensó asustada.

Echó un vistazo a su alrededor para comprobar que se encontraba sola y abriendo la vitrina con manos temblorosas, tomó el marquito con la imagen. La observó mejor y ya no tuvo duda, se trataba del mismo rostro, la misma pose altiva. Aquella mujer miraba a la cámara con naturalidad, casi con soberbia, no era la mirada de una esclava. Un escalofrío le recorrió el cuerpo.

«Tiene que haber una explicación racional. Tal vez se trate de la antepasada de esa mujer de Nueva Orleans», se dijo.

Entonces pensó que todo aquello se le estaba yendo de las manos y que debía volver al hotel. Pensó en llamar a Denis, cogió su teléfono móvil y vio las llamadas perdidas. Quiso responder, pero no podía. En ese momento estaba demasiado alterada como para tener una conversación coherente. Se dispuso a leer varios de sus mensajes, pero eran audios. Resopló exasperada. Odiaba que le enviase esos cómodos mensajes de voz. Para ella significaba que no se molestaba, que no se tomaba el tiempo necesario para pensar unas cuantas palabras y escribirlas. Le hacía sentir que no la tenía en cuenta ni era su prioridad.

Era la misma dolorosa sensación de cuando, siendo niña, su padre la relegaba por cualquier tarea que tuviera que ver con su trabajo de abogado. Él se encerraba en su despacho en casa y se olvidaba de todo, incluida su familia.

Por eso su madre lo abandonó. No lo recordaba cariñoso. Era esa clase de padres que creían que ya bastaba con traer dinero a casa. Tal vez, esa había sido la razón por la que siempre le gustaron los hombres detallistas como Denis.

Intentó apartar esos pensamientos que solo provocaban en ella desasosiego y sacó una foto a la vieja imagen de la esclava, tras lo cual rebuscó en su bolso mientras intentaba apartar de su mente la pavorosa sensación de que alguien la estaba observando. Al encontrar la tarjeta con la dirección de la tarotista decidió regresar a Nueva Orleans y descubrir la verdad.

Marie

Ya en la ciudad devolvió el coche y se dirigió al Barrio Francés, a la dirección que figuraba en la tarjeta de visita de la tienda de Tarot.

Toda NOLA se hallaba inmersa en el día grande del Carnaval y le costó un poco ubicar el callejón donde se encontraba la tiendita del escaparate abarrotado con todo tipo de objetos. El haber estado de noche en aquella zona la despistó, pero cuando dio con ella no tuvo ninguna duda.

El establecimiento era el tipo de comercio que en Nueva Orleans se denominaba «botánico», y que vendía hierbas, polvos de raíces, expedía marihuana para usos medicinales y toda clase de materiales para ser utilizados en ceremonias de vudú, tales como velas y aceites o esencias. En el cristal del escaparate figuraba el rótulo con las mismas palabras que en la tarjeta.

Oteó tras la puerta. El local estaba a oscuras y parecía cerrado.

«Tal vez no esté o puede que abra más tarde», pensó Léa echando un vistazo a su reloj de pulsera. Eran casi las tres de la tarde. Miró a su alrededor y pensó en la mala ubicación que tenía la tienda porque por allí no pasaba nadie.

De pronto, la puerta se abrió y la mujer de aquel daguerrotipo antiguo apareció ante sus ojos sobresaltándola.

—La estaba esperando, *madame*.

—¿A mí? —preguntó Léa sorprendida y algo asustada.

—Lo vi en las cartas —respondió ella con una sonrisa, e hizo un gesto para que pasara al interior.

—Soy Léa —balbuceó al entrar a la penumbra del local.

—Puede llamarme Marie, *chéri* —dijo la mujer.

El establecimiento era mucho mayor de lo que parecía desde el exterior y no estaba totalmente a oscuras, había luz en el interior. Tras el mostrador, desde el suelo hasta el techo, se advertía una pared llena de estanterías de madera con líquidos de diferentes colores dentro de botellitas de cristal en las que figuraba el nombre para todo tipo de males del cuerpo y del alma. En diversas vitrinas descansaban amuletos y saquitos junto a botes de cristal; unos rellenos de hierbas y otros de ópalos de tonos distintos. También había cuarzo rosa, ágatas y jade verde. Enfrente del mostrador, y junto al escaparate atestado de velas, colgantes y amuletos contra el mal de ojo, había una librería llena de volúmenes acerca del vudú, la magia y Nueva Orleans.

Siguió a la mujer afroamericana hacia el interior. El aire olía a velas ya incienso. Al fondo, tras unos cortinones de terciopelo granate, existía una especie de reservado con una mesa con un tapete de tela que representaba los cuatro elementos de la alquimia, unas velas que iluminaban el lugar y un par de butacas que parecían cómodas. Marie la instó a sentarse en una de ellas. Justo al tomar asiento, Léa se percató de que en un terrario junto a la mesa descansaba una serpiente y dio un respingo.

—Esa es Margot. No es venenosa —dijo la mujer mientras se sentaba y sacaba una baraja de cartas del bolsillo del batín de *patchwork* que vestía y comenzaba a mezclarlas.

—¿Esto es una sesión de Tarot? —preguntó Léa.

—Así es. Voy a proceder a realizar una tirada de cartas mediante el Tarot de Marsella, el que se usa desde finales del siglo XVII para la buenaventura. Esta baraja está limpia, me he encargado de que así sea.

—Desconozco completamente todo lo referente a estos temas —se excusó ella.

—No se preocupe. El tarot no es peligroso, no le hará daño ni a usted ni a mí. No debe estar nerviosa. Usted vino el otro día y ha regresado por algún motivo. Intuyo que busca respuestas y que cree que puedo proporcionárselas. No soy lo que la gente llama una "vidente". Las cartas pueden usarse para comprender situaciones actuales de la persona consultante y en la búsqueda de un consejo o reflexión válida para el presente, no para el futuro, ya que no existe. El futuro es cambiante, depende de las decisiones que tomamos. Hay personas que necesitan llevar a cabo una elección en sus vidas, pero no saben cómo hacerlo y yo se la procuro mediante las cartas. Yo solo pretendo ayudarla. Solo soy una intermediaria. Las cartas son las que aconsejan y responden —le dijo Marie con voz suave, intentando tranquilizarla.

—Si le soy sincera, me da un poco de miedo lo que pueda encontrar —dijo Léa.

—Todos tenemos secretos guardados en el corazón —respondió Marie con una sonrisa.

Se fijó un poco más en la mujer y se dio cuenta de que no le inspiraba temor aunque era difícil adivinar su edad. Parecía madura y joven al mismo tiempo. Tenía una piel oscura, lisa y brillante y una mirada penetrante, pero algo en su expresión, que no supo concretar, le restaba lozanía.

Antes de disponer los naipes, Marie dejó el mazo en el centro de la mesa y se acercó a un armario que abrió con una llave que llevaba al cuello. De él sacó una botella, que Léa reconoció como absenta, y la tradicional copa de cristal con el fondo abultado para la medida habitual de una onza. Después alcanzó la típica cuchara con perforaciones en la cazoleta, junto con una cajita plateada y de ella tomó un azucarillo, procediendo al ritual característico que Léa había contemplado en algún bar de París. Sacó una jarra con agua fría de una nevera de la trastienda, sirvió un chorro de absenta y puso la cuchara con el terrón de azúcar sobre el borde de la copa. Los fuertes aromas del ajenjo, el anís y el hinojo se expandieron por el aire. Léa sabía que la mezcla correcta era de un tercio de absenta y dos de agua para rebajar aquel licor francés, considerado maldito y prohibido en Francia desde principios del siglo XX. Al verter lentamente el agua a través del azúcar, el potente espirituoso adquirió un color ambarino similar al de la leche.

—Un poco de la *Fée Verte?*

Ella rehusó.

—Una copa no le hará daño y así estaremos en sintonía. ¿La ha probado alguna vez?

—Sí, en París, cuando estudiaba moda y llevaba una existencia bohemia —rio—. Ahora me parece que fue en otra vida.

Marie sacó una copa más, sirvió otra onza de licor y repitió el mismo procedimiento. Ambas bebieron el primer sorbo a la vez y la tirada comenzó. El silencio las envolvió. Marie cogió el mazo de cartas en sus manos llenas de anillos. Al segundo trago, Léa se sintió completamente serena.

—En el caso de que busque una respuesta en especial, deberá exponer la cuestión previamente. ¿Tiene alguna pregunta que hacerme? La que sea.

—Son tantas... —respondió Léa.

—Las cartas solo pueden responder una.

—Sí, la tengo —susurró Léa.

—Adelante —asintió Marie.

Ella dudó en cómo expresar lo que quería preguntar y tardó unos segundos en tenerlo claro, pero no titubeo al formular la cuestión.

—¿Él me ama todavía?

El corazón le latía con fuerza en el pecho. Aquello era lo único importante para Léa. Sí Denis aún la quería todo podría arreglarse, pero si no era sí, si estaba con ella por costumbre o comodidad, entonces no tenía sentido continuar.

—Al haberme hecho una única pregunta sobre un problema en particular realizaré La Cruz. Es una tirada de cinco cartas —dijo Marie.

—Seguramente será la pregunta más trillada de todas, la que todo el mundo le hace —sonrió Léa.

—No crea. Las relativas al dinero suelen estar por encima. La gente es codiciosa, siempre lo ha sido, eso no cambia con el paso de los años. Aunque, al final, el mayor miedo del ser humano es el de no ser amado. Con todo lo que implicaba el sentido de esas palabras.

Marie dispuso cuatro cartas elegidas aleatoriamente alrededor de una principal que colocó primero hasta formar una cruz. A medida que las posaba sobre el tapete, fue susurrando unas extrañas palabras que a Léa le parecieron las de alguna lengua africana. Después cerró los ojos unos instantes y a continuación volvió a dirigirse a ella.

—Le explicaré. Una vez realizada la selección y tendidas las cartas, tras percibir las primeras impresiones se interpretan. Primero, el significado una a una y después, en grupo y enlazándolas para hallar la respuesta. La carta de la derecha muestra lo positivo, los aspectos por los cuales el consultante puede sentirse agradecido. Veo que están bien situados, que han tenido algún revés laboral, pero que no pasan penurias económicas. Aunque también habla de las desventajas, problemas o situaciones difíciles. *L'étoile*... —señaló en voz baja y suave—. Han pasado por algunas, sobre todo una de ellas... Un nacimiento que no ocurrió. ¿Perdieron un bebé?

—Sí, tuve un aborto —dijo Léa tragando saliva—. El embarazo fue algo inesperado, no era un buen momento, estábamos inmersos en nuestros negocios e incluso pensé en no decirle nada y... abortar, pero cambié de idea. Al perder al bebé... Creo que ahí es dónde comenzamos a alejarnos. Nunca hablamos de ello. De hecho, es la primera vez que se lo cuento a alguien.

Marie asintió antes de proseguir.

—Era una niña. Y no lo han superado aún. Ambos tienen miedo a acercarse, a sufrir. Usted se siente culpable, sola, él vulnerable. Todo lo demás son problemas que giran alrededor de este, que se suman y hacen que el futuro esté... borroso. La carta de arriba, *La Lune*, está asociada con los sufrimientos que aún continúan. Esta y esta otra presentan el conflicto y el pasado —dijo señalando dos naipes.

—Sí, era una niña —dijo Léa sin poder evitar que una lágrima corriese por su mejilla, abrumada por los sentimientos que acababa de liberar ante una completa desconocida.

—La carta de abajo muestra una proyección del posible futuro, en relación a la carta del centro. Es *Le Fou*. Respecto al amor, esta carta debe entenderse como el momento de guiar nuestro camino más por este sentimiento que por la razón, de volvernos locos en el buen sentido. Significa conectar con nuestro corazón. Al estar al revés supone un toque de atención. No está viendo las señales que le transmite su pareja porque todavía está sumida en el dolor. Hay falta de comprensión. Y esta, la del centro muestra la conclusión, determinación o resolución de la consulta.

Después se hizo el silencio. Léa respiró hondo aguardando la respuesta.

—No hay duda. *L'Impératrice* es la carta central, el número sagrado y mire, está embarazada. Es usted, *chéri*. Y *L'Empereur* a su izquierda es él. Representa el control la confianza, estabilidad, autoridad, convicción, fuerza, consecución de metas. Es el esposo, la influencia masculina. Pero la carta invertida habla de indecisión, es incapaz de controlar las emociones, está sin fuerza, sin vigor, ausente. El Emperador necesita a La Emperatriz y ella a él, son energías complementarias. Por otro lado, *L'étoile* también representa la luz y la esperanza. En los momentos de oscuridad nos muestra que existe un camino y nos trae tranquilidad, ilumina las preocupaciones. Solo es necesario confiar en nosotros mismos y en los poderes que rigen el universo y que traerán el amor.

—Perdón, pero... no he comprendido muy bien. No sé si todo esto responde a mi pregunta.

Marie sonrió y asintió.

—La mayor parte de las cartas no estaban boca abajo, así que es un sí. Son buenos augurios. Ahora solo tiene que depositar su fe en ese alguien, como hizo al principio, y salir a buscarlo.

Después apuró su copa de absenta, se puso a recoger las cartas y con un gesto invitó a Léa a abandonar la trastienda.

—No sé si debo, pero... ¿Puedo hacerle otra pregunta? Es que creo que es la persona indicada para responderla y necesito... Quiero saber qué opina —preguntó Léa.

—Dígame.

—¿Cree usted en los fantasmas, Marie? ¿Alguna vez ha visto uno?

—Parece ser que usted sí, *chéri* —rio la mujer.

—Es la primera vez que me ocurre algo así y no sé si es exactamente eso lo que he visto o imaginado y... Creo que si se lo cuento a Denis pensará que estoy loca —se sinceró.

—*Bien sûr que oui*. Nueva Orleans está llena de ellos. Es una ciudad muy antigua, en ella han vivido y muerto millones de almas. Algunas no logran el descanso y sus espíritus se quedan en lugares donde vivieron, atrapados. Pocas personas logran percibirlos. Es un don que desgraciadamente no poseo. Pero no se equivoque, los verdaderos fantasmas habitan dentro de nosotros y nos atormentan. Son esos miedos que no conseguimos vencer, esas culpas o errores que nos avergüenzan, las personas que no logramos salvar o que dejamos atrás. A veces, esos fantasmas no nos permiten avanzar y destruyen nuestras vidas sin remedio. Otras, nos enseñan a sanar y nos rescatan del abismo.

Léa advirtió una especie de arrepentimiento en sus palabras. Como si con la ayuda otorgada, Marie intentara liberarse de alguna carga del pasado. La observó de nuevo y ya no encontró en ella tanto parecido con la mujer del daguerrotipo.

«Bien pueden haber sido solo imaginaciones mías. Desde que llegamos a NOLA estoy muy alterada. Me habré sugestionado, como dijo Rachel», pensó.

—¿Y cree en las maldiciones?

—Hay personas que son capaces de crear círculos psíquicos negativos que pueden influir en las personas o adherirse a pequeños objetos, si es a eso a lo que se refiere —respondió.

—¿Y a objetos grandes como casas?

—También si el hechizo es lo suficientemente fuerte.

—Solo una cosa más y la dejo en paz —se disculpó Léa haciendo sonreír a Marie.

—¿Pueden deshacerse las maldiciones?

—Se supone que quien la crea es la única persona con el poder para deshacerla, pero puede que al ser forjada se establezca un fallo accidental que no consigue predecirse y la haga frágil. Una maldición también puede concebirse para que algo o alguien sea capaz de destruirla mediante una acción o pasos concretos.

Léa sonrió asintiendo agradecida.

—Gracias por todo. ¿Qué le debo? —preguntó azorada.

—Nada. En ocasiones hago tiradas particulares. Hay que ser cuidadosa con los poderes que se nos otorgan y no dejarse llevar por la avaricia o el orgullo porque eso puede destruirnos. Intentar ayudar a parejas que tienen problemas es lo que me causa mayor placer. A veces, el amor suele ser tan poderoso que no atiende a razones. Por eso dicen que es ciego. Los amantes se obcecan y no ven más allá —suspiró.

En la trastienda aún se respiraba el intoxicante aroma de la absenta, pero este se fue difuminando hasta desaparecer al llegar a la puerta. Marie la abrió y en ese instante, una ráfaga de viento procedente del exterior entró agitando los cabellos de ambas. Fue entonces cuando, débilmente, distinguió de nuevo aquel aroma.

—Esa esencia a flores... —dijo percibiéndola en el aire.

—Es mi perfume, tal vez.

—¿A qué huele? —preguntó ella.

—A magnolias —sonrió Marie.

—Magnolias... —asintió Léa—. Gracias otra vez.

—Il n´y a pas de quoi.

Era el mismo perfume que había sentido en la mansión Gayarré. «El perfume de Adelina», recordó. Observó un momento el rostro de Marie y la miró a los ojos. Entonces se dio cuenta de que eran insondables, como dos pozos negros brillantes llenos de tiempo y sin edad.

Salió a la calle. Anochecía y la luz de la farola más cercana tembló. El aire era fresco y sintió frío. Marie cerró la puerta tras ella y Léa continuó observándola desde la acera, algo apartada. La mujer se quedó junto al umbral, sacó un rosario de uno de sus bolsillos, besó el crucifijo del extremo y se lo puso alrededor del cuello. Al verlo, se estremeció. Era el mismo rosario del cuadro, con el crucifijo y la imagen de la Virgen, el que portaba en sus manos Adelina en su retrato de la Casa Grande. Un escalofrío le recorrió el cuerpo.

De pronto, la luz del interior de la tienda se apagó y Léa se alejó de allí a toda prisa.

Mardi Gras

Léa partió en busca de Denis. Tenía que encontrarlo y se dirigió hacia el hotel. Estaba ansiosa por verlo. Necesitaban hablar, incluso si dolía.

Atravesó varias manzanas mientras la noche iba cayendo sobre la ciudad. Cada vez había más gentío en las calles. Mientras caminaba apresurada se decidió a escuchar los mensajes de voz del teléfono móvil. Apenas le quedaba batería.

Él le decía que era ya la hora de comer y que había decidido no esperarla más. Después preguntaba dónde estaba varias veces. Primero, algo impaciente porque no contestaba a sus mensajes; después, extrañado y finalmente angustiado. Al oír su voz, Léa sintió que lo necesitaba. Los audios y llamadas se detenían a cierta hora. En toda la tarde, Denis no se había vuelto a poner en contacto con ella.

De pronto, su falta se le hizo insoportable, como un malestar en las tripas muy parecido al hambre. Quería tenerlo cerca, besarlo de nuevo.

Quiso llamarlo, pero en el mismo instante en que intentó hacerlo se quedó sin batería. Maldijo de rabia y miró el reloj. Era la hora de cenar y no llegaría a tiempo.

Fue consciente de que a esas alturas, estaría preocupado, tal vez incluso enojado. Cuando se enfadaban, él solía dejarle su espacio. Denis odiaba discutir y ella que no lo hiciera. También sabía que continuaba irritada si evitaba el contacto visual. Denis era la persona que mejor la conocía en el mundo. Era capaz de reconocer sus estados de ánimo, de tranquilizarla enseguida o de exasperarla con la misma facilidad con la que la hacía reír. Además, no era rencoroso. Olvidaba cualquier resquemor con tan solo una caricia.

Léa suspiró al borde de las lágrimas. Las calles del Barrio Francés estaban atestadas de gente disfrazada o con máscaras que seguían a pequeñas bandas de música. Llegó un momento en el que ya no lograba traspasar la marea humana que disfrutaba de la noche de Carnaval.

Desde los viejos balcones caían cientos de centelleantes collares con los colores del Mardi Gras que tiraban los vecinos o los turistas.

«Púrpura, justicia; verde, fe y dorado, poder», se dijo mareada por todos los sonidos y el movimiento incesante a su alrededor.

Su única obsesión era poder alcanzar Bourbon Street, llegar al hotel para encontrarse con Denis y abrazarlo muy fuerte, pero no conseguía pasar, el desfile se lo impedía. Aunque lo intentó por una calle aledaña le fue imposible atravesarla. Resopló exasperada. La multitud bailaba en la calle, dificultándola el paso.

Solo lograba pensar en Denis. Atrapada, quiso echar a correr, pero no pudo.

«Pero, ¿y si él no me ha echado de menos?», pensó angustiada.

El temor se apoderó de su ánimo. Entonces se rindió y dejó de intentar avanzar, deteniéndose en medio de la acera. Se quedó allí viendo pasar más y más personas, a la espera de un hueco para poder transitar. Fue cuando lo vio. Estaba justo enfrente de ella, al otro lado de la calle.

Otro aluvión de gente desfiló ante sus ojos y lo perdió de vista. Desesperada saltó agitando los brazos, llamándolo, pero no se veía ni se podía oír nada por culpa de la muchedumbre.

De pronto, un inesperado chaparrón provocó que la vía se liberara un poco y volvió a divisarlo. Denis continuaba en el mismo lugar y la estaba observando. Al darse cuenta de que ella lo miraba sonrió y entonces, Léa comenzó a cruzar la calle caminando a su encuentro. Él hizo lo mismo, se dirigió hacia ella sorteando a los transeúntes, cada vez más deprisa, ansioso al ver su cara de preocupación, hasta que se encontraron en medio de la avenida y se abrazaron bajo la lluvia.

—¡Oh, Léa! No has contestado a mis mensajes ni a mis llamadas en todo el día. ¡No sabía si te había pasado algo! Te he intentado llamar, pero tenías el móvil apagado y entonces… No sé lo que me ha ocurrido. He sentido la necesidad de salir a buscarte con urgencia. ¿Dónde estabas? —dijo angustiado.

—Quería llegar al hotel, pero con tanta gente no podía. Tengo tanto que explicarte… —sollozó ella.

—No llores, cariño —susurró sujetando el rostro de Léa entre las manos —. Ya te he encontrado, ya está.

Volvieron a abrazarse y ambos sintieron un alivio instantáneo. Ella no podía dejar de llorar. Fue como si una puerta se hubiera abierto y comenzaran a salir por allí todas sus lágrimas, a borbotones y al mismo tiempo que la lluvia, que no dejaba de caer del cielo. Los sollozos la ahogaban y apenas la permitían hablar. Él le acarició el pelo, el rostro y la espalda intentando sosegarla mientras ella se aferraba a su pecho ancho y cálido.

—Tranquila, estoy aquí —susurró.

Léa comenzó a respirar hondo y a calmarse. Denis no dejaba de mirarla preocupado y a la vez feliz de tenerla cerca. Contempló sus ojos brillantes, sus mejillas mojadas por las lágrimas, la boca roja y húmeda y entonces la besó, primero suavemente, con un beso lento y dulce. Sorprendida, ella respondió a sus labios indecisa. Distinguió su sabor salado y se apretó más fuerte contra su cuerpo. Había pasado mucho tiempo, pero al percibir que Léa aceptaba su contacto de buen grado, Denis intensificó el beso. Ella abrió la boca y él se la llenó con su lengua. Notó el débil gemido y aferrándola la saboreó hasta sentir cómo atrapaba su labio inferior y lo succionaba. Jadeó sonriendo. Reconoció ese gesto, supo que era el punto de inflexión, que ya estaba dispuesta a continuar. Para hacerla saber sin palabras que también estaba preparado, deslizó su mano por la curva de su espalda y sin abandonar sus labios presionó su vientre contra el de Léa.

—¿Quieres? —susurró al sentir cómo su cuerpo respondía a su calor. Ella asintió acariciándole la boca con las yemas de los dedos.

No paraba de llover y ambos estaban empapados. Se tomaron de la mano y atravesaron la calle deprisa, saltando los charcos sin dejar de besarse.

—No vamos a llegar al hotel —jadeó ella en su cuello a lo que él respondió con un profundo beso que los hizo gemir de anhelo.

Denis sabía cuánto le gustaba a Léa hacer el amor en lugares donde podían ser descubiertos y la llevó hasta un callejón que acababa en un patio cerrado, al amparo de la abundante vegetación y de la noche.

⚜

Hasta el jardín llegaban los sonidos amortiguados de la fiesta, pero lo único que ellos escuchaban eran sus respiraciones agitadas. Después de tanto tiempo se sentían abrumados por las ganas. Notaban la urgencia del deseo en las tripas y hasta en las piernas. Él estaba ansioso por tenerla de nuevo y porque ella lo necesitara como antaño.

Para Denis, lo mejor del mundo era sentirse dentro de Léa y mecerse juntos mientras notaba cómo disfrutaba, era incluso mejor que correrse.

Gotas de agua procedentes de los plataneros y palmeras que los rodeaban se precipitaban sobre ellos. Tenían la ropa mojada y solo desnudaron la piel necesaria. Ella le desbrochó los pantalones con premura y él se los bajó de un tirón para tomarla por las nalgas y alzarla con un gruñido de impaciencia. Léa miró hacia abajo y al verlo tan dispuesto dejó escapar un quejido de ganas. Denis se fijó en cómo una gota de lluvia caía sobre uno de sus pechos desnudos y resbalaba hasta llegar al pezón. Maravillado, la recogió con su lengua y a partir de ese momento todo fue como debía ser.

Él notó la blandura de sus nalgas, la tibieza de sus muslos y su húmedo interior y enseguida se abandonó a aquel ritmo delicioso. Por su parte, ella volvió a sentir su ímpetu, la fuerza con la que la sostenía contra el muro y lo apremió con sus caderas. Lamió su cuello y su nuez, consciente de que eso lo haría explotar de placer y así fue. Ocurrió como antes, todo fue apremiante, ardiente y dulce al final. Ambos terminaron enseguida. Después, sofocados y sonrientes, se dedicaron a acariciarse mientras sus respiraciones formaban pequeñas nubes de vapor caliente a su alrededor.

—¡Qué bien! —susurró Denis todavía entre sus muslos, notando cómo temblaba ella—. ¿Tienes frío, cariño?

—No, no es frío —susurró Léa acariciándole el pecho y el vientre bajo la ropa.

Él cerró los ojos, suspiró de placer y de alivio y la estrechó con fuerza entre sus brazos. Ella respiró su aroma tan familiar y sintió que lo había echado muchísimo de menos.

De pronto, una luz se encendió por encima de sus cabezas y alguien salió a una ventana para inspeccionar el jardín. Sigilosos e intentando no reírse se taparon a toda prisa y salieron del patio.

Al llegar al hotel, antes de entrar por la puerta, Léa le susurró al oído:

—Quiero más.

⚜

Una vez en la *suite,* apenas pudieron aguardar a desnudarse. Uno desvistió al otro y el frenesí de los cuerpos excitados comenzó de nuevo. Ambos querían mirarse y explorarse sin obstáculos. El tiempo transcurrido sin apenas verse o tocarse los hizo disfrutar de cada roce de la piel desnuda y de la contemplación mutua.

Allí, en la intimidad de aquella habitación, la última noche de su estancia en NOLA, se disfrutaron a conciencia. Ella quería más y lo obtuvo. Recibió caricias y besos. Se volvió a sentir hermosa, deseada y satisfecha. Él quería proporcionarle placer y se lo dio todo. La llenó de ternura sin dejarse nada, hasta vaciarse por completo.

No habían perdido su forma de amarse, la suya propia, la que los hacía estremecerse, vibrar y gritar de placer. Disfrutaron al máximo, hasta acabar exhaustos sobre la cama, ella tendida sobre él, con los cuerpos sudorosos.

—Creí que me habías dejado, que te habías marchado sin mí. Por eso tuve miedo y salí en tu busca —susurró Denis acariciándola.

Él suspiró y Léa lo abrazó. Lo sentía vulnerable y lo amaba más que nunca por ser capaz de decir que la necesitaba.

—No voy a dejarte. No me iré a ninguna parte sin ti, a no ser que tú me lo pidas —dijo ella acariciando su pecho—. Pensé que ya no me deseabas.

Él la tomó por la barbilla con suavidad.

—Mírame —susurró obligándola a hacerlo—. Te deseo más que nunca.

—¿Aunque me arrugue? —preguntó ella haciendo un mohín.

—Siempre serás preciosa para mí, Léa. Eres... —La besó en la frente con ternura—. Cuando te conocí pensé que eras intrépida, fabulosa... Y ahora sé que eres asombrosa.

Ella sonrió deslizando las manos por todo su cuerpo.

—Me haces la pelota —rio.

Él no pudo evitar negar con la cabeza mientras se reía.

—No, cariño. Es la verdad.

—Te conozco. Me vas a pedir algo.

No podía dejar de mirarla. Estaba preciosa así, despeinada, con cara de sueño y con el rubor tras el sexo. Se besaron despacio, saboreándose.

Él introdujo la mano entre sus muslos y ella los abrió abandonándose a sus caricias.

—Es verdad. Quiero pedirte algo —le susurró al oído con voz ronca.

—Dime qué —gimoteó Léa.

Denis le lamió el cuello, los pechos y continuó bajando por su cuerpo.

—¿Te casarías conmigo? —murmuró rozando su pubis con la punta de su nariz.

—¡No es justo! ¡No puede pedírmelo así. ¡Ahora no! —rio ella aguantándose un lamento de puro placer al notar cómo él se iba adentrando, siendo consciente de que iba a sucumbir una vez más.

Se sintió poderoso de nuevo. Sabía cómo lograr que dejara de hablar, conocía el modo de hacer que su cuerpo se rindiese del todo y no paró hasta que su respiración se tornó entrecortada y la carne vibró en su lengua.

Después se colocó encima, la besó con su sabor salado aún en la boca y Léa emitió un hondo quejido al sentirlo entrar de nuevo.

Era el tercer coito de la noche y él resoplaba bañado en sudor. Ella notó su cansancio y tomó el relevo montada sobre sus muslos.

—Sí... Quiero verte —siseó Denis.

—Agárrame fuerte —gimió ella y ya no paró de cabalgar encima de sus caderas.

El cuarto fue lento, suave, embriagador. No hubo reproches, solo hicieron el amor con los cinco sentidos, dándose cuenta de que, en realidad, nunca se habían alejado el uno del otro. Solo tuvieron que despertar sus cuerpos dormidos. Se redescubrieron durante aquella noche, al otro lado del mundo, mientras afuera, NOLA latía sin parar.

⚜

—¿No estabas bromeando, verdad? —dijo Léa adormecida entre sus brazos.

—No. Quiero esto que tenemos, no quiero perderlo nunca más. Di por hecho que estábamos bien así y por eso nunca te lo pedí y tu tampoco lo hiciste. Di muchas cosas por sentadas, pero no cometeré ese error de nuevo. Lo juro por lo más sagrado. Lo juro por ti.

—Te amo y te deseo —susurró ella sobre su pecho, justo antes de besarlo allí donde su corazón palpitaba más fuerte y sin descanso.

—¿Eso es un sí? —preguntó él conmovido.

Ella sonrió asintiendo emocionada.

—Yo también te amo, nunca he dejado de hacerlo —dijo Denis—. Cariño, hemos pasado por lo bueno y por lo peor juntos y ahora estamos aquí, esta noche, amándonos. Y lo quiero todo contigo. Tú... ¿Querrías volver a intentarlo? —dijo atropellado.

Ella asintió sin dejar de mirarlo. Denis acarició las formas de su cintura y su vientre y suspiró con fuerza al contemplar como una única lágrima resbalaba por el extremo de uno de sus ojos.

—No la olvidaremos, ¿verdad? —preguntó Léa.

—No, nunca lo haremos, amor.

Se besaron con pasión y lentitud durante un buen rato y una vez aplacadas las ganas, se durmieron por fin, sosegados y agotados cuando estaba a punto de amanecer sobre Nueva Orleans.

Legéndes Creolés

Despertaron tarde en un soleado miércoles y decidieron desayunar en la cama. Como era casi el mediodía, y estaban famélicos, cada uno pidió un contundente *po'boy*, el bocadillo típico de Luisiana hecho con pan francés, lechuga, tomate, ensalada de repollo y mayonesa, gambas rebozadas y ostras fritas.

—¡Oh, Dios mío! Esto está... —suspiró ella.

—¡Delicioso! ¿Verdad? ¡Quiero otro! —dijo él masticando a dos carrillos.

Léa rio al verlo comer.

—Parece que llevas una eternidad sin probar bocado.

—Y así es. Ayer desayuné, pero solo tomé una ensalada al mediodía. Te estuve esperando para comer y al final perdí el apetito. ¿Dónde estuviste todo el día, cariño? ¿Qué te pasó?

—Me enfadé porque no me esperaste para desayunar —dijo avergonzada.

Él sonrió.

—Antes de acostarnos me dijiste que te dolía la cabeza. Te había sentido inquieta toda la noche así que no quise despertarte.

Ella asintió apoyando la cabeza en su hombro.

—Fui a la plantación Gayarré de nuevo. Quería saber más acerca de Adelina y su marido. Y al regresar… Acudí a donde aquella mujer, la tarotista. No sé lo que me ocurrió —respondió ruborizada. Él la miró con ternura y no preguntó más. Estaba allí a su lado de nuevo y con eso bastaba—. ¿Y qué estuviste haciendo tú todo el día?

—Estuve leyendo —respondió chupando la salsa picante que el *po'boy* había dejado en sus dedos.

Ella lo miró extrañada dando otro bocado a su desayuno.

—¿Recuerdas que me compré un libro en una librería de viejo, en el Garden District? —Léa asintió—. Bueno, pues al ver que estabas desaparecida y que no contestabas a mis mensajes bajé a comer a la terraza del hotel. Me encontraba algo preocupado y molesto, la verdad. Entonces empecé el libro intentando distraerme y ya no pude parar de leer. Era una recopilación de relatos muy amena acerca de Luisiana.

Entonces se levantó, tomó el libro que descansaba sobre la cómoda frente a la cama y se lo pasó a Léa. Ella comprobó que su título era *Legéndes Creolés*, que estaba en francés y corroboró que parecía bastante antiguo, aunque no se podía saber el año de su publicación porque faltaban las páginas del principio.

—¿Y sabes qué? —preguntó Denis.

—No —sonrió ella dándole un beso en la mejilla sin afeitar.

—Pues que este libro es acerca de fantasmas y leyendas de Luisiana y está la historia que tanto te gusta y te atormenta.

—¿Y qué dice?

Denis se sentó junto a ella en la cama y Léa se apoyó en él.

—Verás, al parecer Emmanuel Gayarré era un joven de Bayona que cruzó el atlántico y acudió en ayuda de su hermano mayor tras perder este sus posesiones en Haití en 1804. Su hermano mayor, como nos contó la guía durante la visita a la plantación, se trasladó a Luisiana, que acababa de ser adquirida por los Estados Unidos, y compró tierras y esclavos estableciéndose como plantador cerca de Nueva

Orleans. Pero la historia del mayor de los Gayarré es irrelevante, solo se sabe que murió de fiebres. El joven estaba prometido a una muchacha en su país y no quiso regresar para casarse hasta hacer fortuna en Norteamérica. El caso es que ya al mando de la plantación, Emmanuel, un joven muy ambicioso, logró sacarla adelante y hacerse rico en poco tiempo.

—Eso dijo Rachel.

—Sí, pero aquí hay mucho más. Escucha: «El día que Emmanuelle Gayarré se cruzó con la joven criolla Doña Adelina González De Soto en el mercado de Nueva Orleans, se enamoró de ella a primera vista y se olvidó por completo de su familia y de su compromiso de regresar a Francia para contraer matrimonio. Desde aquel momento se obsesionó con volver a verla» —leyó Denis—. Adelina era una criolla adinerada de ascendencia española. En Nueva Orleans todo el mundo conocía a la familia de Adelina porque descendían de un aristócrata, antiguo gobernador de Luisiana. El relato continúa así: «No fue fácil para Emmanuel dar con el paradero de la bella Adelina, que residía junto a su madre viuda y su nodriza en una mansión en el Barrio Francés. Cautivado por la dama, el joven acudió al French Market durante semanas hasta que volvió a encontrarla. Ella era una de las muchachas más hermosas de Nueva Orleans, con unos cabellos negros como la noche y de enormes y oscuros ojos almendrados. Él era un apuesto terrateniente rubio de ojos verdes que no pasaba desapercibido para ninguna muchacha casadera de la ciudad».

—Rubio de ojos verdes. Como tú —sonrió ella—. Te estás inventando la mitad, ¿verdad?

—No. Déjame continuar, cariño —dijo él intentando no reírse mientras ella lo miraba con dulzura—. Resulta que Adelina también se había fijado en el muchacho francés. Ambos jóvenes se gustaron con solo mirarse. Fue un flechazo. Emmanuel rondó a la muchacha noche y día intentando cortejarla, hasta que esta accedió a que tuviesen un encuentro en compañía de su nodriza. Pero la criada negra sabía un secreto que hacía imposible el amor entre ambos. A aquella primera cita no acudió la joven. La nodriza la encerró en su cuarto para protegerla y fue sola a ver al caballero. Emmanuel, que esperaba discretamente dentro de su carruaje en una calle de Nueva Orleans, se sorprendió mucho al no ver a su Adelina. Él solo quiso saber si ella lo amaba. En un primer momento, la nodriza le mintió y le dijo que su señora no estaba interesada en él. Pero ante la insistencia de Emmanuel, que quería confirmar aquella información de labios de su amada, quiso convencerlo de que desistiera. Para ello avisó al apuesto caballero de que la muchacha estaba maldita, que llevaba sangre indígena en sus venas y que la antigua maldición de un chamán se abatía sobre las mujeres de su familia. Todas hechizaban a los hombres, que caían rendidos de amor nada más contemplarlas, pero ninguno de sus esposos sobrevivía al primer aniversario de boda. En realidad, el libro explica que la maldición se originó cuando una indígena conjuró a todas sus descendientes femeninas contra los hombres, como venganza hacia los primeros colonizadores, que raptaron a sus antepasadas. La niñera advirtió a Emmanuel Gayarré que Doña Carmen, madre de Adelina, había enterrado ya a tres esposos, pero el francés, locamente enamorado, se rio de ella y no quiso hacer caso a sus advertencias. Después de eso, la muchacha escapó para verse con él joven a espaldas de la nodriza y tras un ardiente encuentro a solas, en el que se confesaron su amor y casi sucumben a la lujuria, él le pidió matrimonio.

Léa estuvo atenta a su voz profunda y suave, mientras Denis iba desgranando detalles sobre aquella leyenda.

—¿Qué ocurrió después? —preguntó ella mientras se terminaba su bocadillo.

—La familia González De Soto no aprobó el noviazgo porque para ellos, Emmanuel Gayarré no tenía la alcurnia suficiente. Aun así, Adelina se escapó con el joven terrateniente y se casaron en secreto. Tras la boda, Emmanuel la llevó a su plantación junto con la nodriza, que no se separaba de Adelina. Al poco de llegar a Maison Gayarré, entre los esclavos cundió el rumor de que el aya de la esposa del amo era una hechicera y que la muchacha tenía sangre india y estaba maldita. Muchos dijeron que ocurrían cosas extrañas en la plantación, que los animales parían crías muertas y que las cosechas se malograban. Los esclavos culparon de todo a Adelina y su criada. Esta última, en particular, les inspiraba mucho temor. En el texto se asegura que la nodriza era una mujer libre que disfrutaba de su propia habitación en la mansión Gayarré y que practicaba la hechicería y el vudú.

Denis hizo una pausa para dar más misterio al relato.

—¡Qué más! —le apremió ella.

—Emmanuel adoraba a su esposa sobre todas las cosas de la tierra y ella... —Entonces paró para besar a Léa—. La hermosa Adelina sufría muchísimo porque también estaba muy enamorada y advertida por su niñera de la maldición que pendía sobre ella, sabía que debía matar a su amor antes de que se cumpliese el primer aniversario de su boda, si no quería morir ella en su lugar. Aunque no se veía capaz de hacerlo porque lo amaba demasiado. —Denis empleó un tono muy dramático, logrando que Léa pusiera cara de angustia e hizo una pausa para terminar su café con leche—. Ellos eran los esposos más felices, pero se fue acercando la fecha del aniversario de la boda. Emmanuel y la nodriza veían apagarse a su Adelina sin poder hacer nada para evitarlo. La pena la atormentaba. La noche del aniversario se amaron como nunca, desesperados. Él le dijo que la querría siempre y que no podría vivir sin su amor, pero la muchacha ya había tomado una decisión. La joven adoraba tanto a su esposo que decidió suicidarse para romper con la maldición y no tener que matarlo. Tras toda una noche haciendo el amor, él cayó rendido. Entonces, Adelina salió de la casa y caminó por el jardín de la finca llorando e invocando a sus antepasadas, rogando que liberasen a su amante de la muerte. Después cogió una cuerda, trepó a un roble con su rosario en la mano y saltando del árbol se ahorcó. Pero desconocía las costumbres de sus ancestros y al ahorcarse no pudo acceder al mundo de los espíritus y fue condenada a vagar eternamente por las tierras de su esposo como un alma en pena.

—¿Y Emmanuel? —preguntó ella impresionada.

Denis hizo un gesto para que aguardara.

—Su esposo, alertado por la nodriza, la encontró por la mañana. Dicen que los llantos del joven, desgarrado de dolor, se oyeron por toda la propiedad. Él había escuchado de los indígenas que el alma residía en el cuero cabelludo y para resguardar la de su amada, y que esta no fuera al infierno, cortó un trozo de su hermosa cabellera y la guardó consigo. Al haberse suicidado no podía ser enterrada en suelo sagrado, pero su esposo cavó una tumba en el cementerio familiar y la enterró con sus propias manos. En los días sucesivos, el apuesto terrateniente enloqueció de pena. Los criados lo temían. No dormía, no comía y hablaba con Adelina aferrado a aquel mechón de su pelo. Incluso se dice que intentó devolverla a la vida mediante un rito de vudú y que la desenterró. Para la nodriza, Adelina era como su hija, la había criado como tal y maldijo a Emmanuel por no haber hecho caso de sus advertencias y habérsela arrebatado. Pasaron los meses y al final, al cumplirse el segundo aniversario de su matrimonio, Emmanuel Gayarré se pegó un tiro en el corazón en…

—En la capilla —dijo ella.

—¿Cómo lo sabes? —preguntó Denis extrañado.

—Rachel me lo contó ayer.

—Así fue, pero solo quedó muy mal herido. Desangrándose, se arrastró hasta la tumba de su esposa donde finalmente falleció cumpliéndose así la maldición de las mujeres de la familia De Soto. Días después de su entierro, en el cementerio familiar de Belle Adelina, los esclavos que aún se encontraban en la plantación y no habían escapado, comenzaron a decir que habían visto a su amo y a su señora vagar de noche por los jardines.

—¿Y qué fue de la nodriza? ¿El relato no dice nada de ella o de cómo se llamaba? —preguntó Léa.

—Según el autor, debió ser la hija de un hidalgo español y una haitiana libre de origen africano que fue su amante. El caballero la llevó a vivir a su casa para ser la señorita de compañía de sus otras hijas y más tarde, una de ellas, la madre de Adelina, la empleó como nodriza. Hay quienes, según este libro, aseguran que desapareció en el *bayou* y que aún vive allí. Pero esa es otra leyenda llamada *La sorcière des marais*, que cuenta cómo en los pantanos de los alrededores de la plantación Gayarré habita una bruja a la que se puede ver por las noches caminando por las orillas. Aparentemente, la nodriza se pasó días llorando la muerte de Adelina y huyó sin dejar rastro tras conjurar las almas de los esposos y depositar un encantamiento sobre la casa —dijo Denis con una misteriosa sonrisa.

—¿Cuál? —preguntó Léa abriendo mucho los ojos.

—Hay una fecha, la del aniversario de su noche de bodas, en la que ambos pueden reencontrarse. Es entonces cuando Adelina y Emmanuel vuelven a hacer el amor como cuando vivían. Solo tienen esa noche para amarse, gracias al hechizo de la nodriza. —En ese momento, Denis bajó la voz hasta convertirla en un suave susurro, sonriendo con picardía—. Cuentan que hay gente que acude a la plantación Gayarré para escuchar los gemidos de placer de los amantes que se entregan sin parar hasta que sale el sol. Y dicen que si alguien acude a ellos a pedir consejo o ayuda, y lo merece porque ha sido bendecido con el amor verdadero, salvará su relación y con ello liberará las almas de los amantes malditos para siempre. ¿Sabes qué día se casaron Adelina y Emmanuel?

—No, pero lo imagino. El día de Mardi Gras —sonrió ella justo antes de besarlo en la boca.

Epílogo: Halloween

Se casaron en Nueva Orleans el 31 de octubre por la tarde porque no pudieron esperar hasta el siguiente Mardi Gras.

La ceremonia tuvo lugar en la catedral de San Luis, una de las más antiguas de los Estados Unidos. Situada entre las calles San Pedro y Santa Ana, junto a los edificios históricos del Cabildo y la Casa Curial.

Allí, al lado del río Misisipi, en el corazón de NOLA, Léa y Denis se dieron el "sí quiero" con la Plaza Jackson al frente, en aquella catedral dedicada al rey de Francia Luis IX, canonizado como San Luis.

El diseño del vestido de novia corrió a cargo de la propia Léa, a la que le costó mucho mantenerlo en secreto mientras lo creaba en su casa de París.

El novio iba vestido con un traje claro, llevaba una flor de limonero en la solapa y nada más ver a la novia se emocionó.

Fue una ceremonia sencilla, católica, sin apenas familiares. Solo acudieron la hermana menor de Denis como madrina y su prometido como padrino.

Los novios quisieron entrar juntos al templo y aunque al sacerdote que ofició el sacramento le pareció una excentricidad europea, no puso objeciones.

A medida que se adentraban en la iglesia, escucharon el sonido del órgano mientras caminaban entre las numerosas obras de arte que colgaban de sus muros. Las excepcionales vidrieras, que representaban la vida de San Luis, dejaban entrar los rayos de sol de aquella tarde de otoño. Al llegar al ornamentado altar de estilo rococó ambos se tomaron de las manos con fuerza, justo antes de que comenzara el rito católico de la misa matrimonial, para prometerse que nunca más volverían a soltarse.

A la misa acudieron algunos curiosos y turistas que pasaban por la iglesia y que incluso aplaudieron cuando los novios se dieron el esperado beso.

Entre los presentes en la boda, Léa reconoció a una mujer. Estaba sentada al fondo de la catedral y siguió toda la misa de rodillas. Al terminar la ceremonia, mientras la pareja de recién casados abandonaba el templo, las miradas de Léa y Marie se cruzaron. La mujer afroamericana iba vestida con un traje de chaqueta blanco y en las manos portaba el rosario de Adelina. Fue entonces cuando supo que la maldición sobre Belle Adelina y sus amantes condenados ya no existía. Léa saludó con una sonrisa y una inclinación de cabeza a la que Marie asintió con el mismo gesto.

Después, los novios se marcharon en una coche de caballos por las calles del Barrio Francés, rumbo al mismo hotel donde meses atrás se habían reencontrado en cuerpo y alma.

⚜

Él la contempló frente al espejo del dormitorio y la abrazó con ternura. Ella suspiró apoyándose en su cuerpo.

—Entonces… ¿lo intentamos? —susurró Denis sobre su cuello mientras acariciaba su vientre.

Léa asintió, se volvió hacia él y lo besó con pasión.

Lo que ninguno de los dos sabía, era que ya no hacía ninguna falta intentarlo.

Fin

SOBRE LA AUTORA

Irene Mendoza Gascón es de Bilbao, estudió Bellas Artes y durante un tiempo se dedicó a la pintura y al diseño gráfico.

Aficionada a escribir, tras su maternidad, un cambio de domicilio, y al carecer de un estudio donde trabajar, se replanteó la manera de seguir contando historias y comenzó su primera novela: "El tiempo detenido".

Tras pasar una larga temporada sin empleo decidió convertir la escritura en su oficio. En la actualidad trabaja como escritora, ilustradora, maquetadora y diseñadora freelance.

Esta escritora "brújula" ha publicado cinco novelas con Harper Collins Ibérica: *10 cosas que quiero hacer… contigo*, la trilogía erótica *Un puñado de esperanzas*, el thriller romántico *Llueven diamantes sobre Júpiter y*

Saturno, el romance histórico *Las cosas bellas* y un relato erótico y gastronómico dentro de la colección *Recetas para el calor de una noche: Con mucho amor y mucho limón*.

También ha autopublicado en papel y digital la bilogía vampírica *Forever & Always, Fantosmia;* un thriller con toques de terror psicológico y *Bajo la lluvia escocesa;* un romance histórico de posguerra ambientado en las Highlands.

Tras trabajar en la publicación de *NOLA,* se encuentra inmersa en la segunda edición en digital y primera en papel de *El tiempo detenido*. También está escribiendo su próximo trabajo inédito, *Te doy mi palabra;* una novela de romance histórico que transcurre en Bizkaia durante la Primera Guerra Carlista.

Le encantan los gatos, las estrellas, el té, el café, los bombones de licor, las flores, dibujar y leer, el cine, la ópera y le gustaría haber sido francesa. Escribe historias sobre cualquiera, así que ten cuidado con lo que le cuentas porque puede convertirte en uno de sus personajes.

REDES SOCIALES

Facebook: Irene Mendoza Gascón
Instagram:
irenita.mendoza08(escritora)/irenemendozag
ascón (ilustradora)
X: @IreneMe08
Bluesky: @irenita.bsky.social
Spotify: irinamendo

Gracias por haber elegido esta historia. Si te ha gustado puedes acceder a Amazon y dejar tu reseña escaneando este código QR.

Printed in Great Britain
by Amazon

44f962c6-d4ac-4719-863a-57aae6a5aabbR01